U0781616

The Sorrows
— *of* —
Young Werther

少年维特的烦恼

[德] 约翰·沃尔夫冈·冯·歌德 —— 著　唐际明 —— 译

台海出版社

图书在版编目（CIP）数据

少年维特的烦恼 /（德）约翰·沃尔夫冈·冯·歌德
著；唐际明译 . —北京：台海出版社，2019.8
ISBN 978-7-5168-2416-0

Ⅰ.①少… Ⅱ.①约… ②唐… Ⅲ.①书信体小说—
德国—近代 Ⅳ.① I516.44

中国版本图书馆 CIP 数据核字（2019）第 169492 号

简体中文译文编译来源为城邦文化事业股份有限公司商周出版

少年维特的烦恼
SHAONIAN WEITE DE FANNAO

著　　者：[德]约翰·沃尔夫冈·冯·歌德　　译　　者：唐际明

责任编辑：刘　峰　　　　　　　　　　装帧设计：小茜设计
版式设计：百朗文化　　　　　　　　　责任印制：蔡　旭

出版发行：台海出版社
地　　址：北京市东城区景山东街 20 号　　邮政编码：100009
电　　话：010-64041652（发行，邮购）
传　　真：010-84045799（总编室）
网　　址：www.taimeng.org.cn/thcbs/default.htm
E-mail：thcbs@126.com

经　　销：全国各地新华书店
印　　刷：玉田县昊达印刷有限公司
本书如有破损、缺页、装订错误，请与本社联系调换

开　　本：880mm×1230mm　　1/32
字　　数：149 千字　　　　　　印　张：6
版　　次：2020 年 1 月第 1 版　　印　次：2020 年 1 月第 1 次
书　　号：978-7-5168-2416-0
定　　价：38.00 元

版权所有　翻印必究

Die Leiden des Jungen Werther

Johann Wolfgang von Goethe

约翰·沃尔夫冈·冯·歌德（1749—1832）

《少年维特的烦恼》征服了我。

——赫尔曼·黑塞（诺贝尔文学奖得主）

《少年维特的烦恼》让我甘之如饴。

——威廉·萨默塞特·毛姆（英国作家）

关于可怜维特的故事，我费尽辛苦搜集得来，在此献给你们，我知道你们将会感谢我。你们不会不欣赏与爱慕他的精神与性格，不会不为他的命运流下眼泪。

　　至于你，善良的灵魂啊，你正跟他一样满怀渴望，就从他的苦痛中汲取安慰吧，如果你因命运不济或是个人过失，无法找到更亲近的朋友，就让这本小书成为你的朋友吧。

目录 |contents|

第一卷

一七七一年五月四日

我走了，我是多么开心啊！挚友，人心究竟是怎么回事！我亲爱的形影不离的朋友，离开你竟然如此快活！我知道你会原谅我。命运安排我陷入感情的旋涡，不正是为了扰乱我的心灵吗？可怜的蕾奥诺勒①！但我是无辜的。她妹妹非凡的魅力促使我与之相谈甚欢，以致无意间使这个可怜人的心里产生了痛苦，难道这是我的过失吗？然而，我全然是无辜的吗？我不曾滋养她心中的情愫吗？难道我不曾觉得她天性的真情流露十分逗趣，以至于我们经常为此开怀大笑，虽然它本身毫无可笑之处？难道我……

啊，人究竟是怎么回事，竟然一味自责！我愿意，亲爱的朋友啊，我答应你，我会改过向善，不再像以往一样一再反刍命运带给我们的一丁点儿不幸；我要享受当下，让过去的过去。是的，你是对的，挚友，如果世人不再孜孜不倦地运用想象力唤起过往不幸的记忆——为何世人会这样做，只有上天才知道！——而是承受这无关紧要的当下，伤痛肯定会少一些。

请你好心通知我的母亲，我会将她的事情办妥，并尽快向她禀报相关讯息。我已和姑母谈过了，在她身上完全没发现那位人们口中形容的

---

① 蕾奥诺勒迷恋维特，但维特喜欢的是她的妹妹。

恶妇，她是一位性情开朗、急躁，却有着一副好心肠的妇人。我告诉她，母亲抱怨继承的遗产中有部分被扣留了。她跟我解释了原因，以及在什么条件下她愿意交出全额款项，甚至比我们要求的还要多。简言之，我最好现在什么都别透露，告诉我母亲，一切将会进展得十分顺利。亲爱的，我再次在这种琐碎事务中发现，误解与懒惰在世间造成的破坏更胜于狡诈与恶毒。至少后两者肯定比较罕见。

顺便一提，我在此处很自在。这地方宛若天堂，它的清静正是滋润我心灵的良药，大好的春光则温暖着我这颗易寒的心。每棵树、每一排树篱都是繁花绽放的样子，而我愿变成一只金龟子，在这芬芳大海里四处徜徉，觅取一切的养料。

城市本身并不讨喜，周围却环绕着无法用笔墨形容的自然美景。这片美景促使已故的 M 伯爵在一座山丘上修筑花园。一重重山丘在此仪态万千地交错，形成了一个个秀丽的山谷。花园本身简单朴实，一进去便能感觉到，绘制花园蓝图的不是专业的园艺师，而是一颗有意在此享受美好时光的善感的心。在倾颓的小楼阁里，我已为亡者洒下许多泪水，这是他最爱逗留之处，也是我钟爱之地。不久，我将成为这座花园的主人。仅仅几天工夫，园丁已对我产生了好感，他不会因此感到不舒服。

五月十日

有种不可思议的欢畅占据了我整个心灵，好似我全心全意享受的甜美的春晨。我独自一人，因这地方的生活而喜悦，此地正是为我这样的灵魂所造。我的挚友啊，我是多么幸福，全然沉浸在宁静中，以至于荒废了艺术创作。我现在应当无法画画，一笔也无法画，然而此时此刻，我却是位更胜于以往的伟大画家。当周遭可爱山谷的雾气蒸腾，正午阳光停歇在浓郁的森林之上，仅有数道光束偷偷潜入林中圣地，我便躺在淙淙溪边的茂草中，贴近泥土，千般万样的小草成为我眼中的奇珍异物；当我的心更贴近地去感受草茎间微小世界的熙攘、无数不可思议的小虫与蚊子，便感到全能者降临，是它以自身形象创造了我们，便感到博爱者的气息，是它背负与托持我们，让我们飘然于永恒的喜悦之中，我的朋友啊！当眼前暮色渐深，世界与苍穹好似情人的娇躯一般，整个在我的灵魂里休憩，我便产生了一种渴望，心想：啊！要是我能忠实传达，要是我能将心中的饱满与温热灌注于纸上，那将会是反映我心灵的明镜，就像是我的心灵是上帝的明镜！我的朋友！但我彻底失败了，我完全慑服在这恢宏壮丽景象的威力之下。

五月十二日

　　我不知道是否有魅惑人的精灵在此处盘旋飞舞，抑或是我心中温暖美妙的幻想，让我觉得一切宛若天堂。就在前头有一泓清泉令我着魔流连，如我迷上水妖梅露西娜[①]与她的姐妹一般。你走下一座小山丘会发现前面有道拱门，由此再下行约二十级石阶，就会看到清澈的泉水从大理石岩间涌出。上方有道低矮石垣构成井栏，四周大树参天，绿荫掩蔽，此地特别沁凉，既引人入幽，又令人心怯。没有一天我不在那儿待上一个钟头。城里的女孩会来这里汲水，做这最平凡却也最要紧的工作，从前甚至连国王的女儿也会挽袖亲自动手。当我倚坐在那儿，古代宗法社会的理念俨然栩栩如生、历历在目，见到众先祖在泉边结识并缔结婚约，还有好心的精灵绕着石井与清泉盘旋飞舞。哦！谁若是不能对这一切感同身受，必定未曾体验过在炎炎夏日长途跋涉之后，于泉边饮水纳凉、精神焕然一新的美妙滋味。

[①] 梅露西娜（Melusina），法国民间传说中的美人鱼。

五月十三日

你问，是否要寄书来给我。亲爱的，求你看在上帝的分上，让我摆脱书的束缚吧！我不想再受他人引导、鼓舞与激励，我这颗心本来就已经汹涌澎湃了。我需要的是摇篮曲，而在我心爱的荷马① 那里可以找到不少。我常常低吟，让自己沸腾的血液冷静下来。你一定未曾见过比我这颗心还反复无常、变动难安的东西吧！亲爱的！这还需要我来告诉你吗？你不是经常忧心地看着我从忧伤转为放浪，从沉溺于甜蜜的忧郁转为败德的激情吗？我还将自己的小小心脏当作一位病童，满足他的每个愿望。

此事别告诉别人，传开了一定会有人因此骂我的。

---

① 荷马（Homer，约公元前 9 世纪—公元前 8 世纪），古希腊诗人，代表作品《伊利亚特》《奥德赛》。

五月十五日

此地的百姓皆已认识我，并且喜爱我，尤其是孩童。不过，我已然悲伤地认清一个事实，起先我加入他们的行列，友善得无所不问，有些人却认为我意图取笑他们，以致用粗暴的言语打发我。但我并不因此心情不快。只是再次切身体会到先前屡屡意识到的：某些中上层人士始终冷淡地疏远普通老百姓，好像认为接近他们会失了身份；再就是轻浮之徒与爱恶作剧的不良分子，他们面对贫穷百姓的态度就像是纡尊降贵，如此一来更尖锐地让人感受到他们的傲慢。

我当然知道，我们不平等，也不可能会平等。但我认为，那些觉得必须要和所谓贱民保持距离以维护尊严的人，与因为担心吃败仗而躲避仇敌的懦夫无异，该受到谴责。

不久前我又来到泉边，看见一位年轻的侍女将水罐放在最低一级的石阶上，正环顾四周，看是否有女伴前来帮她把水罐放上头顶。我走下阶梯，两眼注视着她。

"姑娘，我可以帮你吗？"我说。

她顿时满脸通红。

"噢！不，先生！"她道。

"不要客气。"

她把顶环扶正，我帮了她一个忙。她向我致谢，然后爬上阶梯。

五月十七日

　　我认识了形形色色的人，却还未找到一位能做伴的朋友。我不知道该挑剔这些人什么，他们很喜欢我、依恋我，如果在生命旅程中仅能与他们并肩走一小段路，那真令我难过。

　　如果你问我这里的人如何，我只能告诉你：就像世界各地的人一样！人类真是从同一个模子刻出来的啊。多数人为了谋生花去了大半光阴，剩下来一点点能够自由运用的时间却令他们惶惶不安，因而想尽办法来摆脱自由。这就是人类的宿命！

　　但有一些真是良善无比的老百姓！我有时候忘情自我，与他们共享人世间的欢乐，或在铺设雅致的桌边坐下，坦率真诚地谈笑风生，或驾车结伴出游，适时举办舞会，等等，这些对我皆有裨益，只要不去想起尚有许多其他力量蛰伏在我体内，那些因无用武之地而腐朽、必须小心翼翼隐藏起来的力量。

　　啊！一想到这些，我整颗心都纠结了。没错！被人误解是我们这类人的宿命。

　　唉，我少年时代的女友去世了！可叹啊，她曾是我的知交！我会说：你是个傻瓜！你在寻找世间遍寻不着的东西！但我曾经拥有她，我曾感受到她的心、她的伟大灵魂，在她面前我仿佛变得更高尚，因为我达到了我能到达的极限。仁慈的上帝啊！在我心灵中可曾有股力量始终未派上用场？在她面前，自然赋予我的美妙情感能不展露出来吗？我们交往不总是由最细腻的感受、最伶俐的幽默交织而成，甚至变本加厉以至荒唐胡闹，这些不都留下了天才的印记吗？而现在呢！唉，她只比我年长几岁，这几岁竟让她比我早进了坟墓！我决不会忘记她，决不会忘记她坚定的意志与上帝般的宽宏大量。

　　几天前我遇见了一位年轻的 V 先生，一位坦率的小伙子，面容姣好。他刚出校园便自命不凡，认为自己懂得比别人多。根据我各方观察，他十分用功，简而言之，他的学识渊博。他听说我画了不少素描，还懂得希腊语（这两件在此地都是罕事），故求教于我，对我炫耀了许多知识，从巴托①谈到伍德②，从德·俾勒③谈到温克尔曼④，并跟我保证已将苏尔泽⑤的《原理》第一卷从头到尾详读过了，还握有海恩⑥论述古希腊罗马文化研究的手稿。我任由他说，不予置评。

　　我还认识了一位正派的绅士，他是侯爵的法官，为人真诚坦率。听说，只要看着他与他的九名子女相处就十分赏心悦目。大家尤其爱谈论他的长女。他邀请我去他府上，我打算尽早登门拜访。他住在一座猎庄里，距离此地有一个半钟头路程，妻子过世后他获准迁居到那里，继续住在城里的官邸会令他触景伤情。

　　除此之外，我还撞见一些怪模怪样的人物，他们浑身上下都令人讨厌，表露出的殷勤示好的姿态最是让人无法忍受。

　　再会了！这封信里全是纪实，一定能符合你的心意。

---

① 巴托（Abbé Charles Batteux, 1713—1780），法国美学家，法国哲学的奠基人。

② 伍德（Robert Wood, 1717—1771），英国著名荷马研究家。

③ 德·俾勒（Roger de Piles, 1635—1709），法国画家。

④ 温克尔曼（Johann Joachim Winkelmann, 1717—1768），德国考古学家、古代文艺史家。

⑤ 苏尔泽（Johann Georg Sulzer, 1720—1779），瑞士美学家。

⑥ 海恩（Christian Gottlob Heyne, 1729—1812），德国古典语言学家、古希腊文学研究家。

五月二十二日

人生如梦，早有些人有此感受，这份感怀也总是在我心中萦绕。我常看到人类活动力与探求力都受到了限制。我看见人们付出所有的努力以挣脱这限制，好满足需求，这些需求仅有一个目的，即延长我们可怜的生命，再则，所有探索问题得到的慰藉仅是醉生梦死，因为人将四壁绘以五彩图案与明媚风光，事实上却困在其中——所有这一切，威廉，皆使我沉默。我只好回到自己的内心，去发现一个世界！这里预感与晦暗的欲望再度多过于创造与生气勃勃的力量。所有这一切皆飘浮在我的感官意识前，我报以微笑，然后继续在世上做梦。

孩童不晓得他们为什么有欲求，所有博学的小学教员与家庭教师都同意这个观点。但成年人也跟孩童一样在这世上跌跌撞撞，不知自己从何处来、要往何处去，也很少依照真实的目的行动，一样被饼干、蛋糕与教鞭主宰。这一点没人愿意相信，在我看来却是一目了然的。

因为我知道你会如何回答，我乐于对你直言不讳：我以为，最幸福的人是那些可以像孩子般无忧无虑的人，他们像孩子一样拖着自己的布娃娃四处跑，给娃娃脱衣穿衣，以崇敬的心、蹑手蹑脚地绕着妈妈锁住糕饼的抽屉打转，等渴盼的东西终于到手便大快朵颐，腮帮子塞得满满的，还一边大叫："我还要！"真是幸福的人啊！还有一种人也很幸福，他们赋予自己一文不值的工作或热情以冠冕堂皇的称呼，美其名曰为拯救人类及其福祉的大事业——能够这样自负的人多幸福！但也有人在谦逊中看清一切的结局，看到每位市民运用巧思，将自己的小花园修剪成天堂乐园，看到不幸的人即使肩负重担，依然孜孜不倦、气喘吁吁地走自己的路，看到所有人都希望多见到一分钟的太阳——是，他沉默寡言，从自身建造出自己的世界，一样因身为人而感到幸福。即使他深受限制，却依然在心中常保自由的甜蜜，因为知道，只要自己愿意，他随时可以离开这牢笼。

五月二十六日

　　长久以来你已熟知我定居的方式，选定一个惬意的地方搭起一间小房舍，就算设备简陋也乐于安居。我在这里又觅得了一个吸引我的小地方。

　　距离市区约一个钟头路程之处有个叫瓦尔海姆①的地方。它坐落于一座山丘上，景色秀丽动人，如果沿着通往村子的小径走去，整座山谷会在不期然间尽收眼底。那里有位和善的女店主，年岁已高却依然殷勤活泼，亲自为客人倒葡萄酒、啤酒和咖啡。最吸引人的是两株菩提树，繁茂地开枝散叶，庇荫了教堂前的小广场，广场周围环立着农舍、谷仓和庭院。这样亲切又隐秘的小地方实在难寻，我让侍者把桌椅搬出酒馆，坐在外面啜饮我的咖啡，读我的荷马。

　　一个明媚的午后，我无意间第一次来到菩提树下，看见这个小地方如此幽静。所有人都下田工作去了，只有一个年约四岁的小男孩坐在地上，双手环抱着一个约半岁大的婴孩，让他坐在自己双脚间，倚靠在自己胸前，好像自己是他的扶手椅一样。小男孩安安静静地坐着，一双黑眼睛却骨碌碌地，看起来活泼神气。我被这景象逗乐了，于是我在对面的犁锄上落座，兴致勃勃地画下两兄弟间的温情场面。我把他们身后的

---

① 瓦尔海姆，读者不需要劳神考查书里的这些地名，编者出于无奈，已经把原本的真实地名改掉了。——作者注

那一道篱笆、一扇谷仓门与几个残破的车轮，都按照原物位置忠实呈现了出来。一小时过后，一幅构图和谐、趣味盎然的素描便完成了，没有添加半点我个人的想法。此次经验坚定了我的决心，未来仅以大自然为师。唯有大自然取之不尽、用之不竭，能造就出伟大的艺术家。关于遵循绘画规则的益处，人们可以长篇大论，约莫类似于称赞市民阶级社会。一位以规则为典范的人，绝不会创作出品位低下的拙劣作品，就好像在富裕的法制社会中成长的人，绝不会变成令人难以忍受的邻居或者讨厌的恶棍。然而一切规则，无论人们怎么说，却也破坏了自然界的真实情感与表现！如果你说"这种说法太过苛刻了！规则仅是立下限制，只是修剪太过茂盛的枝蔓而已！"——朋友，要我打个比方吗？这就好像恋爱一样。一颗年轻的心死心塌地眷恋着一个女孩，成天与她厮守，耗尽精力与财产，只为无时无刻不向她表达真心。后来，来了位市侩俗人，一位服公职的绅士，对他说：好青年啊！恋爱乃人之常情，但你也必须合情合理地去爱！适当分配你的时间，一部分用于工作，将休息时间献给你的女孩。好好计算你的财产，扣掉生活所需还剩下多少，只要不是过于频繁，我不会阻止你从中拨款为她买礼物，在她的生日和命名日 ① 等时日送礼便可。遵循此准则，无疑会成为一名有出息的年轻人，我甚至还会向每位侯爵推荐，给他个一官半职。只是他的爱情算是完了，倘若他是一位艺术家，他的艺术也完了。哦！我的朋友！为什么天才的浪潮如此罕见，难见滔滔洪水翻滚扑打而来，震撼你们的心灵发出赞叹呢？亲爱的朋友，那是因为住在河岸两边、处世泰然的绅士懂得防患于未然，及时兴建起土堤与沟渠，以免他们的花园小屋、郁金香花圃、药草园会被淹没、摧毁。

---

① 命名日是和本人同名的圣徒纪念日。

五月二十七日

我发觉自己兴奋过头，只顾借比喻大发议论，竟忘记告诉你这两个孩子后来的情况。我坐在犁锄上大约两个钟头，完全沉浸在作画的情绪中，昨天写给你的信上已陈述过一些片段了。傍晚时分，有位年轻妇女向着一直好好坐着的孩子们走来。她臂弯挂着一只小篮子，从远处呼唤着："菲利普，你真乖。"她向我问好，我说了谢谢，并站起身来，走近问她是不是孩子们的母亲。她说是的，一面给大孩子半个白面包，一面抱起小的，慈爱地亲吻他。她说："我让菲利普看顾这小家伙，好带着老大进城去买白面包、糖和一只煮粥的小陶锅。"我看到所有东西都放在揭开盖子的篮子里。"我想给汉斯（最小孩子的名字）煮汤当晚餐，老大那个淘气鬼，昨天在跟菲利普争吃剩下来的粥时，把我的小锅打破了。"我问起她的大儿子，她说在草坪上追鹅，此话未毕，就见到那个孩子蹦蹦跳跳地过来了，还给老二带了一根榛树枝。我继续和这名妇女闲聊，得知她是小学教员的女儿，她的丈夫去瑞士了，去领取一位堂兄弟赠予的遗产。"人家想骗走这笔遗产，"她说，"而且不回复他的信，他只好亲自前往。但愿他没遇上什么麻烦，我一直没有他的消息。"

我不忍就此和她分别，遂给了每位孩子一枚克罗采 [①]，给最小的那

---

① 克罗采，旧时德国和奥地利的十字币。

枚我交给了他的母亲，请她下次进城时买个白面包给他配汤吃，然后我们就道别了。

告诉你吧，亲爱的，每当我心神不宁，只要看到这样的人就能缓和我心中所有的躁动不安，这种人在狭小的世界里怡然自得地活着，日复一日地自食其力，看见叶子凋落，只想到冬季将临，不会有其他伤感的情绪。

从那时起我就时常待在户外。孩子们已经跟我很熟了，我喝咖啡时，他们可以拿到糖吃，晚餐时则与我分享牛油面包与酸奶。礼拜天也不担心拿不到我给他们的克罗采，如果做完礼拜后我不在那里，女店主也会替我转交。

他们对我很信赖，什么事情都告诉我，当有更多村里的孩子聚集过来，他们的热情与率直表露出来，总是能把我逗乐。

我费了不少唇舌才消解他们母亲的担忧，她怕孩子们会给我添麻烦。

五月三十日

　　我新近和你谈到对绘画的看法，肯定也适用于诗歌，要点就是辨识出什么是卓越的，然后勇敢地说出来，当然要言简意赅地说明其中深意。我今天见到一处风景，若纯粹抄写下来，就会是世界上最美丽的田园诗，然而，文学、风景与田园诗究竟有什么意义呢？如果我们想分享一个自然现象，难道就非得精雕细琢不可吗？

　　如果你读了此信的开场白，因而期待我有什么高妙的见解，那么你就再次受骗了，不过是一名农家小伙子引起我的感慨罢了。一如往常，我会叙述得很糟，而一如往常，你定会认为我夸大其词，又是在瓦尔海姆，而瓦尔海姆总是会发生这些稀奇的事。

　　当时有一群人正在外面的菩提树下喝咖啡。我觉得他们不是很守规矩，因此找了个借口回避了。

　　有位农家小伙子从邻舍出来，动手修理我最近画过的犁锄。我喜欢他的模样，于是上前去跟他攀谈，询问他的状况，我们很快就熟悉了起来，跟我平常与这类人交流一样，很快我们就无话不谈了。他告诉我，他在一位寡妇家里当差，她对他很好。他滔滔不绝地赞美她，我很快就察觉他以全部的身心爱慕着她。她已不年轻了，他说，因为被她已故丈夫虐待而不想再婚。从他的言谈中可以清楚地察觉到，她对他来说多么美丽迷人，多希望她会喜欢自己，好遗忘前夫犯下的过失，我必须一字一字复述，你才能准确地感受到这个人纯真的倾慕、爱恋与钟情。是的，我必须具备最伟大诗人的才赋，才能将他丰富的表达、和谐的声音、他眼内隐隐燃烧的火焰，活灵活现地表现出来。不，任何言辞都无法传达他流露的柔情。我的复述只显得拙劣。尤其触动我的是，他十分担心我会认为他与她有不正当的关系，怀疑她的品行操守。他说她的外貌、身材虽不再青春，却强烈地吸引着他。他这样说时多么迷人，我只能在自己的心灵深处去感受、体会。我毕生未见过如此纯洁的迫切欲望与热烈的渴念，甚至可以说，从未想过或梦过会有这般的纯洁。回味这份纯真无邪时，我心灵最深处就灼热了起来，这个忠诚与温柔的形象四处追随我，我好似因此燃烧，因渴望而憔悴。我跟你说这些，你可别责备我。

我现在非常迫切地想尽早见她一面，但深思熟虑后，我觉得还是不要见面。透过她情人的眼睛看她较理想。她若出现在我眼前，也许不会是我现在想象的样子，我又何苦要摧毁这帧美丽的肖像呢？

六月十六日

为什么我不写信给你？亏你是个学多识广的学者，你还要问我！你应该猜得到，我目前心情愉快，而且……简单说，我认识了一个女孩，她深深触动我的心。我已经……我该怎么说才好呢？

她是这世上最最可爱的人儿，要向你原原本本、有条不紊地说明我与她的相识经过实在是很困难。我现在很满足，很幸福，因此当不成优秀的纪实作家。

一个天使！——唉！每位男子都如此称呼他的心上人不是吗？我无法告诉你她有多完美、她完美的理由。总之，我整个心都被她俘虏了。

那么天真单纯，那么聪慧，心地那么善良，性格又那么坚毅，心灵如此平静，却又实实在在地生活与忙碌着。

无论我如何描述她，尽是些讨人厌的空话、可憎的抽象语词，完全不能传达出一丁点儿她的特质。下一次——不，不要等到下一次，现在就跟你说吧。如果我现在不说，就永远不会说了。坦白跟你说吧，因为从提笔写这封信以来，我已经三次起了搁笔的念头，打算备马出门奔驰。但是我今天一早已发过誓不会骑马出去。即使如此，我却不时走到窗边，看看太阳还有多高。

我终究无法抑制冲动，我一定要去找她。现在我回来了，威廉，一边吃着牛油面包当晚餐，一边写信给你。看着她被活泼可爱的孩子围绕，那是她的八个弟妹，我的心灵是何等喜悦啊！

我再继续这样说下去，你读到信尾也不会比刚开始读时知道得更多。因此你听好吧，我会逼自己详详细细道出整个事情的来龙去脉。

不久前，我曾写信告诉你，我结识了法官S，以及他请我早日去拜访他的隐居地，更确切地说是他的小王国。我没有认真对待这件事，若是我永远不去拜访，就不会意外发现隐藏在幽静地方的珍宝。

这里的年轻人要在乡下筹办一个舞会，我也很乐意参加。我邀请了当地一位心地善良、美丽可爱，但除此之外平凡无奇的女孩当我女伴，我们说好，由我租一辆马车，载我的舞伴及她的堂妹去舞会地点，途中还要去接一位S家的夏绿蒂小姐。当我们正驾车穿过一片砍伐过的森林往猎庄前进时，我的女伴说："你将要认识一位美人。"她的堂妹加了一句："你可要当心，别爱上她！""为什么？"我说。堂妹答道："她已经许配给一位正直的人了，他目前出门在外，因为他的父亲刚过世，必须处理一些私事，顺便谋个好职位。"

当时我觉得这个消息完全无关痛痒。

抵达猎庄时，距离太阳下山还有一刻钟。天气很闷热，灰白色的浓云正在地平线上聚拢，女士们担心会有暴雨来袭。虽然我也预感到这次舞会恐怕要扫兴，却胡诌气象学知识安慰她们，让她们放下了隐忧。

我下了马车，一位女仆来到庄园门口，请我们稍待片刻，说绿蒂小姐马上就来。我穿过庭院，朝着一栋精致的房舍走去，上了屋前的台阶，走进门内，我所见过最迷人的情景就映入眼帘。前厅里有六名年龄介于两岁到十一岁的小孩，他们簇拥着一位风姿绰约的少女，她身材中等，穿着一件素雅白衣，手臂与胸前系着淡红色蝴蝶结。少女手里捧着一个黑面包，依照孩子的年龄与食量切面包给围绕她的小孩。面包还没切好，每只小手都伸得老高。她亲切地分面包片给他们，每个小孩皆毫不矫饰地说："谢谢！"拿到晚餐后，有些孩子就高兴地跳开，性格比较文静的小孩则安静地走开，到庄园大门去看客人和要载绿蒂姐姐离开的马车。

"请原谅，"她说，"劳驾你特地进屋来，还让女士们久等。我忙于换衣服，并且处理我不在家时的家务，竟忘了给孩子们分面包。非要我来不可，他们不愿意让其他人代劳。"

我随口客套了几句，全副精神却专注在她的容姿、声调与举止上。直到她快步进房间取手套及扇子时，我才有时间回过神来。孩子们在离我几步远的地方注视我。我向那位最小的、生着可爱脸蛋的小孩走去，他往后退。

此时绿蒂正好走出房门，说道："路易斯，跟这位表哥握握手。"

那男童很爽快地跟我握了手，我情不自禁地热烈吻了他一下，一点也不在乎他的小鼻子拖着鼻涕。

"表哥？"我说，同时向她伸出手，"我有当你亲戚的福分吗？""噢！"她顽皮地莞尔一笑说，"我们家的表兄妹非常多，假使你是其中最坏的一位，我可要难过了。"

她一面走，一面交代她最大的妹妹苏菲，一位大约十一岁的女孩，要她好好照顾弟妹，等父亲骑马散步回家后要向他问好。又对其他小孩说，要听苏菲姐姐的话，就像是听她的话一样。有几个孩子很爽快地答应了她，一位大约六岁的金发小女孩却冒失地说："但她并不是你啊！绿蒂，我们比较喜欢你。"

其间，最大的两个孩子已经爬上了马车，在我的求情下，她才允许他们和我们一起搭到森林入口，前提是他们保证不打闹，好好抓紧别掉下去。

我们还未坐稳，女士们就热烈地寒暄开了，相互品评服饰，帽子尤其受关注，还大肆谈论待会儿会在舞会上见到的人。绿蒂叫车夫停住马车，让她的两个弟弟下了车，他们还想再吻一次她的手，大的那个可能有十五岁的男孩以他这年纪特有的温柔亲了一下，另一位则比较热烈鲁莽。她托他们再次问候年幼的弟妹，然后马车就继续前进了。

堂妹问绿蒂，是否已经看完不久前寄给她的书。绿蒂说："还没！不过我不喜欢这本书，你可以拿回去了。上一本也没有很好看。"

当我问是哪些书时，她的回答很令我惊讶……① 她从言谈之中流露出个性来。每说出一个字，她脸上就显现新的魅力与才智的光辉，神情渐渐愉快起来，因为她发觉我能理解她。

"在早些年，"她说，"我喜爱的莫过于读小说。每逢礼拜天找个小角落坐下，全心全意去分担燕妮小姐② 的幸福与不幸，唯有上帝知道我有多快乐。我也不否认这类书籍对我还是有些吸引力。不过，因为现在难得有时间读书，因此必须读很合我口味的书才行。我最喜欢一类作家，我可以在他身上找到自己的世界，他笔下描写的事物就像发生在我周遭一样，他的故事有趣亲切，就好像是我自己的家居生活，这种生活当然不比天堂，却是难以形容的幸福泉源。"

我努力隐藏这些话在我内心引起的激动。当然不是很成功，因为我听到她顺便提到了《威克菲牧师传》③，提到……④，她说得如此中肯，令我全然无法自持，一五一十对她说出我的看法，一段时间后，我才注意

---

① 为了不给谁发表怨言的机会，编者被迫删去了一段。尽管任何作家都不在乎这个姑娘和那个青年对他是如何评论的。——作者注

② 燕妮小姐是一部当时流行的感伤主义小说的女主人公。

③《威克菲牧师传》(*The Vicar of Wakefield*)，英国作家哥尔斯密（Oliver Goldsmith）的小说。

④ 此处也删去了几位本国作家的名字。因为谁能得到绿蒂的赞赏，他心中自然明了，别的人也没必要知道。——作者注

到绿蒂已转去跟其他人交谈了，在这段时间里她们只是瞪大双眼坐着，仿佛她们根本不在场。堂妹不止一次嘲弄地皱起小鼻子看着我，但我完全不以为意。

话题转到跳舞的乐趣上。

"如果热爱跳舞是个错误，"绿蒂说，"我还是乐于供认，我最喜欢跳舞了。当我心中忧烦，就在家中那架走音的钢琴上尽兴弹一首方阵舞曲，烦恼就全部消失了。"

交谈之间，我尽情地凝视那双黑眼睛，她生动活泼的嘴唇、健康爽朗的双颊，令我魂不守舍。我全然沉醉在她话语的妙义里，以致常常没听进她说的话。你应该能明白，因为你了解我。总之，当马车停在舞会的亭榭前面时，我就像做梦一样下了马车，如梦寐般迷失在苍茫暮色里，因而没注意到从灯火通明的大厅里传来的音乐。

两位男士，奥德兰及一位某某——谁会记得所有人的名字呢？——他们是堂妹和绿蒂的舞伴，在门前迎接我们，并接走了他们的女伴，我也带着自己的舞伴进入大厅。

我们环绕排列，跳起小步舞曲，我挨个向女士邀舞，最无法忍受的女士偏偏不懂得要把手伸给男士，好结束这一支舞。绿蒂与她的舞伴开始跳起英国舞，当她依次过来也和我对舞时，你应该想象得出来我有多高兴。你一定得看看她的舞姿！你会看到她全心全意在跳舞，整个身体如此协调，无忧无虑，毫无拘束，好像跳舞是她的全部，仿佛她什么也不想，什么也感受不到。此时此刻，她眼前的一切一定都消失了。

我请她跟我跳第二支方阵舞，她也同意跟我跳第三支，用全世界最坦率可爱的态度向我保证，她非常喜欢跳德国舞华尔兹。

"这里的风尚是，"她继续说，"本来配好的一对舞伴，在跳德国舞时要一直待在一起。我的舞伴华尔兹跳得不好，免了他这项苦差事，他会感激不尽。你的女伴不擅长跳华尔兹，而且也不喜欢跳。刚刚在跳英国舞时，我看到你华尔兹跳得很好。如果你愿意陪我跳华尔兹，现在去请求我舞伴同意，我也会去知会你的女伴。"

我和她握手言定，还安排到时她的男伴来和我的女伴一起消磨时光。

开始跳啦！我们先做各种缠绕手臂的花式动作，取乐了好一阵子。她的舞姿多么迷人，多么轻快啊！大家开始跳华尔兹了，好似众多天体互相环绕旋转，由于会跳的人很少，场面一开始有些混乱。我们很聪明，先让别人胡乱跳完，等笨手笨脚的舞者让出场地后，我们才上场，与另一对舞者，也就是奥德兰与他的舞伴，一鼓作气地跳到乐曲终了。我生平第一次跳得如此轻快。我不再是一个人，而是疾风，怀里拥着最可爱的人儿四处飞舞，周遭一切都消失无踪，还有——威廉，老实说我发了誓，对我爱的女孩，我有权要求她除了我之外不可以跟别的男子跳华尔兹，即使我会因此毁了自己。你了解我的！

我们为了喘口气，在大厅缓步走了几圈。然后她坐下来，我原先预留的柳橙虽已所剩无几，仍够让我俩解渴。只是她出于礼貌，不断将柳橙分给邻座一位毫不客气的女士，每分一片，我的心就像被针刺了一下。

跳第三场英国舞时，我们是第二对。我们跳着穿越一整排队伍，只有上帝知道我多欣喜，挽着她的手臂，盯着她的双眼，她的眼里充满最真实的情感，流露出最坦率与最纯洁的欢愉。我们经过一位妇人面前，她已不再年轻，脸上和蔼的表情却引起我的注意。我们匆匆交会时，她微笑地注视绿蒂，举起一根手指以示威胁，并且意味深长地说了两次阿尔伯特这个名字。

"冒昧问一句，"我对绿蒂说，"谁是阿尔伯特？"她正要回答，我们就因为队伍必须排成大 8 字形而分开。当我们面对面交错时，我看到她似乎若有所思。"我何必隐瞒你呢，"她把手递给我，我们一起列队前进，"阿尔伯特是个好人，我跟他已经订婚了。"这对我来说并非新闻（因为女孩子们在路上已经跟我说过了），却也算是个新闻，因为我不曾把这件事与绿蒂联想在一起，而在这么短的时间里，她对我已经变得如此珍贵。总而言之，我乱了方寸，失神误跳入另一对舞者中间，把场面弄得一团混乱，多亏有绿蒂在，将我牵引回到该在的位置，踏着该踏的舞步，队伍才迅速恢复了队形。

这支舞还没结束，就有好几道闪电劈下来，轰隆雷声盖过了乐曲声。我们早就看到远方地平线在发亮，而我一直都跟其他人说是闪电的光芒。三位女子从队伍中跑出来，她们的男伴紧随在后，舞池一片混乱，乐队停止了演奏。如果有不幸或是骇人之事在我们兴高采烈之际突袭而来，自然会给我们留下更深刻的印象，一方面是因为强烈对比，让人产生切身感受，更重要的是因为另一方面，我们的感官突然全开，能更迅速地接收印象。这也解释了我看见好几位女士突然脸色大变的原因。最聪明的女孩找了个角落坐下，背向窗户，用双手捂住耳朵。另一位跪在她前面，把头藏在她的怀里。又有一位女孩挤入她们中间，泪流满面地抱住她的两个小妹妹。有些女孩想回家，有些女孩吓得六神无主，仅能朝上天战战兢兢祷告，再无多余心思去顾及年轻小伙子厚颜大胆的举动，他们正忙于在美丽的红唇上夺取祷词。有些男士则走到楼下去静静地抽烟。女主人想到一个好主意，请我们到一间挂有百叶窗与窗帘的房间，大家都不反对。我们才刚抵达那里，绿蒂就忙着把椅子排成一圈，请大家坐下来，建议我们来玩游戏。

我看见有些男士噘起嘴巴，伸长了四肢，希望要获得诱人的奖赏。"我们来玩报数游戏吧，"她说，"现在注意了！我沿着圈子从右向左走，你们也顺着圈子依序报数，轮到的人要像野火般迅速地报数，谁若是结巴或是报错了，就得挨一个巴掌，如此一直数到一千。"接下来有好戏看了：绿蒂伸长臂膀沿着圈子走。一！第一位开始报数，邻座二、三接着报下去。她开始加快速度，越走越快。然后就有人报错了。啪！一个巴掌，他的邻座哈哈大笑，也啪地挨了一个巴掌！她越走越快。我也被打了两个巴掌，而且觉得比别人挨的还要重些，因此还深感得意。还没数到一千，大家就笑得人仰马翻，游戏就在混乱中结束了。相熟的人散到一旁去谈天，暴风雨也停了，我跟着绿蒂回到大厅。途中她对我说："他们担心挨耳光，就把暴风雨与一切都忘记了！"我不知该回答什么。"其实我当时，"她继续说，"也非常害怕，可是在我下定决心要帮别人壮胆时，自己也变得勇敢了。"我们走到窗前。远方传来雷声，怡人的小雨沙沙地打在地上，阵阵清爽香气伴随浓浓的温暖空气升起，朝我们扑面而来。她把手肘支在窗台上站立，凝视前面的大地，仰望天空，然后眼睛噙满泪水看向我，手搁在我的手上道："克洛卜施托克①！"我马上联想到那首在她脑海里映现的壮丽颂歌，听到她呼喊这个名字，一股情感洪流将我淹没。我无法自持，屈身将脸贴上她的手，在幸福洋溢的泪水中吻了它。随后我望向她的眼睛。高贵的诗人啊！假若你曾经有幸在这眼神中看见对你的礼赞，我今后再也不愿从别人口中听到你那常被亵渎的名字了！

---

① 克洛卜施托克（Friedrich Gottlieb Klopstock），歌德之前最杰出的德国抒情诗人。

六月十九日

上次跟你讲到哪里，我已记不清了，只记得上床睡觉时已是深夜两点，如果不是写信而是当面跟你聊，可能会一直讲到天明。

舞会结束后返家途中发生的事，我还没有告诉你，可是今天也不适合细说。

那天日出的景象非常壮丽。湿漉漉的森林与焕然一新的田野围绕着我们！女伴们都在打盹。绿蒂请我小睡片刻，我不需要为她操心。"只要这双眼睛还睁开着，"我凝视着她说，"我就不会想睡。"直到抵达她家大门口，我们都不曾合眼。女仆轻声地帮她开了门，回答她的询问，跟她保证父亲与孩子们都安好、都还在睡梦中。临别时我请求她允许我当天到访，她同意了，然后我就去了。自从那时候起，日月星辰尽可依其轨道运转，我却已不分白昼黑夜，整个世界都消失了。

六月二十一日

    我过得很幸福，像是上帝为圣徒特别保留的日子，不管未来命运如何，绝不能说我未曾领略过生命中最纯粹的幸福。你听我说过瓦尔海姆，我已在那里安身立命了，从那里去绿蒂家只需要半个钟头，在那里我可以感受到自我，以及一切人世间的幸福。

    最初选择瓦尔海姆为散步地点时，我何曾想到那儿距天堂仅咫尺之遥！在散步途中，我一会儿从山巅，一会儿从原野，隔河遥望那座囊括我全部心愿的猎庄！

    亲爱的威廉，我已一一反思过人们心中的欲望，那些想扩展自我的欲望、发现新事物的欲望、周游世界的欲望；然后再反思内心的冲动，甘受局限，墨守成规，对周遭事物漠不关心。

    一切多么美妙：我来到此，从山丘上俯瞰秀丽的山谷，四下景色多么迷人！那里有座小森林！啊，你能潜入林荫深处！那儿有山峰！啊，你能从峰顶眺望辽阔的田园！丘陵连绵起伏，山谷亲切怡人！噢，我能流连其间而忘返！我匆匆去而回返，未能寻获心中所望。噢，出门远行就是展望未来！一片庞大朦胧的全景停歇在我们的心灵前方，我们的感觉变得模糊，也模糊了我们的双眼，而我们渴盼着，啊！贡献出全副身心，让此种伟大美妙情感激发出的喜悦充溢我们的心。啊！当我们向前奔，让彼处成为此处，之后却与之前一样未曾改变，我们不过徒留自己于贫乏与束缚中，心灵渴盼着佚失的甘露。

因此，漂泊流离的流浪者最终也会思念家乡，在自己的小屋、妻子的怀抱、孩子们的拥簇下，即使肩负家计重担，也能找到他在广袤世界里遍寻不着的幸福。

如果我在清晨日出时分出门前往瓦尔海姆，在那边的菜园里亲手摘取甜豌豆，坐下来抽剥豆筋，其间抽空读一读荷马。如果我到小厨房里捡个锅子，切块牛油，把豌豆放到火上，盖上锅盖，而后坐到一旁，偶尔翻炒一下，珀涅罗珀[①]傲慢的求婚者宰牛杀猪、肢解煎烤的心情，在此刻我能感同身受。宗法社会的生活风尚以宁静、真诚的情感充溢我心，感谢上帝，我可以自然而然地将此特点融入生活中。

我是多么快活啊，我的心竟能感受简单质朴的幸福。端上桌的菜是自己栽种的，现在享用的不仅是卷心菜，还享用着过往所有的美好日子，种植时的明媚清晨、浇水灌溉时的可爱黄昏，与看见蔬菜不断生长时的喜悦，种种一切再度在此刻享有。

---

① 珀涅罗珀（Penelope），荷马史诗《奥德赛》中主人公奥德修斯（Odysseus）的妻子。

六月二十九日

　　前天，城里的医生来法官家拜访，看到我坐在地上与绿蒂的弟妹一起玩耍，几个孩子在我身上爬来爬去，其他的孩子则没大没小地逗弄我，我给他们搔痒，与他们一起大喊大叫。那位医生是教条的傀儡，说话时会折叠他的硬袖口，没完没了地拉扯他的衣襟。从他皱起的鼻子上看出，他认为我这样的举动有损读书人的尊严。我不加理会，随他自个儿去卖弄聪明，又重新帮孩子们搭起被他们打翻的纸牌屋。后来他回到城里还四处去跟人抱怨，说法官的孩子原本就缺乏教养，现在彻底被维特带坏了。

　　是啊，亲爱的威廉，在这世上就属孩子与我的心最贴近。每当我观察到未来需要的美德与力量在他们的性情中萌芽，每当我在他们的固执中见到未来性格的坚定与刚毅，在恶作剧中发现日后他们面对人世风险的幽默与达观，每当我发现这一切在他们身上都如此纯洁完整！这时我会一再复诵人类导师①的金玉良言："唉！若你们不能像个孩子！"而现在，我的挚友，孩子是我们的同类，应当被视作榜样，却被我们当作臣仆对待，不允许他们有自己的意志！难道我们自己就没有吗？我们拥有特权的依据为何？竟说是因为我们年纪比较大，比较懂事！天上仁慈的

---

① 指耶稣。

上帝啊，在你眼中应该只看得到大孩子与小孩子，你比较喜欢哪一种，你的儿子早已宣告世人了。可是人们信仰他，却不听从他的话。这也不是新鲜事了！人们依照自己的方式培育孩子，而且——再见吧，威廉！我不想再就这个问题空谈下去了。

七月一日

　　为什么病人非需要绿蒂不可？即便这点我能深深体会，但和躺在床上受折磨的病人相比，我的心更加煎熬。绿蒂要去城里一位贤淑的妇人家里住上数天，据好几位医生诊断，这位妇人将不久于人世，她希望临终时绿蒂能陪在身边。上个礼拜，我跟绿蒂去拜访某座圣人教堂的牧师。小村庄在一座偏僻的山里，距离这里有一个钟头的路程。绿蒂带着她的二妹同行，我们大约在下午四点钟抵达。牧师家的庭院有两株高大的胡桃树，我们走进去时，那位慈祥的老人正坐在家门前的长椅上，他一看见绿蒂就变得神采奕奕，竟忘了拿他的圆头手杖，大胆站起来迎接绿蒂。她朝他奔去，请他坐下，自己也坐在他旁边，代她的父亲问候致意，还抱起牧师又丑又脏的小儿子，他晚年得子，这是他的心肝宝贝。你真该看看她如何体贴这位老人家，她特意提高音调，好让他半聋的耳朵能听清楚，她告诉他有些健壮的年轻人意外死亡了，赞美卡尔斯巴德温泉的疗效，称赞老牧师要在夏天前往该地的决心，说他看起来比上次见面时气色更佳，更有精神。当时我则礼貌地跟牧师太太寒暄。老牧师的兴致高昂，因为胡桃树十分可爱地为我们遮阳，我禁不住赞美了一番，老牧师就开始跟我们讲述树的历史，即使他说话有些困难。

　　"那株老树，"他说，"我们不知道是谁种的，有些人说是某位牧师，有些人说是另一位。不过后面那株年龄较小的与我太太同龄，十月就要满五十岁了。她父亲在清晨栽下树苗，当天傍晚她就诞生了。我丈人是我的前任牧师，不用说明就知道他十分喜爱这棵树，而我的喜爱也不亚于他。二十七年前，我还是个穷大学生，第一次来到这个庭院时，我太太正坐在树下的梁木上做着编织的活儿……"

绿蒂问起他的女儿，他回答她与一位施密特先生到牧场去找工人去了，然后老人家就继续讲述往事：他如何赢得前任牧师的欢心，让牧师千金对他产生好感，他先当上助理牧师，然后继承了牧师的职位。牧师女儿和施密特先生穿过花园走来时，老牧师才刚刚把故事讲完。她热诚地欢迎绿蒂，我不得不说，她给我的印象不差：动作敏捷，身材健美，有着深褐色头发，皮肤黝黑，来乡村度假的男子若与她相处，会十分愉快。她的爱人（那位施密特先生马上如此介绍自己）文质彬彬，沉默寡言，虽然绿蒂一再与他交谈，他却不愿参与我们的谈话。最让我不快的是，我似乎从他的表情察觉到，他拒绝跟我们谈话并非是受限于理解力，而是因为他固执与古怪的脾气。接下来发生的遗憾清楚证实了我的猜想。我们出去散步时，弗莉德丽克[①]与绿蒂并行，有时也会与我同行，这时这位先生本来就是棕色的脸，则会变得格外阴沉。绿蒂见状便扯扯我的衣袖，暗示我别对弗莉德丽克太殷勤。我非常讨厌人与人之间互相折磨，尤其大家都是年轻人，年华正茂，最不忌讳享受欢乐，却互摆脸色糟蹋美好时光，等将来意识到青春一去不复返，却为时已晚。

我实在不能不为此恼怒。傍晚我们回到牧师的庭院，坐在桌边喝牛奶，谈论着世间的苦与乐，我逮住机会借题发挥，痛快地针对恶劣情绪

---

① 弗莉德丽克，牧师女儿。

批评了一番。"我们常常抱怨，"我开始说，"好日子太少而坏日子太多，我认为这样抱怨往往不公平。假使我们能敞开胸襟，享受上帝每日赐给我们的欢乐，一旦厄运降临，我们也有足够的力量去承受。"

"然而我们无力控制自己的情绪，"牧师太太回答，"情绪与我们的身体关系密切！如果身体不好，不管去哪里都会觉得不舒服。"

我同意她的说法。"所以我们，"我继续说，"要把坏情绪视为一种疾病，并问问有没有药可以医治。"

"这话不假，"绿蒂说，"至少我相信，很多事情取决于自己，这是我的亲身体会。如果我因事心烦，闷闷不乐，就到花园里走几圈，唱几首舞曲，不愉快马上就烟消云散了。"

"这正是我想要说的，"我回答道，"情绪不佳就跟懒惰一样，它根本就是一种懒惰。天性使我们有懒惰倾向，只要奋力使自己振作起来，工作就能得心应手，也会在行动中找到真正的乐趣。"

弗莉德丽克全神贯注地听着，那位年轻人却反驳道："但人并非是自己的主人，尤其没法掌控自己的情绪。"

"我们是在讨论心情不愉快的问题，"我回答说，"每个人都想摆脱这种情绪。除非亲自尝试过，没人知道自己的力量有多大。生病的人会四处求医，为了重获健康，就算是最严苛的禁忌、最苦的药，他也不会拒绝。"我发现那可敬的老人非常认真地在听我们的谈话。于是我提高了音调，转向他。"牧师讲道时谴责种种罪恶，"我说，"我却从未听过谴责坏情绪①。"

"城里的牧师该这么做，"老人说，"农夫们没有古怪的脾气。不过

---

① 关于这个题目，我们听拉瓦特尔神父做过一次出色的布道，他顺便还谈到了《约拿书》。——作者注

牧师偶尔谈谈这个也无害处，至少可以给他太太或是区行政官大人上一堂课。"

大伙都笑了，而他尤其开怀，甚至笑岔了气，我们的讨论因此中断了一阵子。然后那位年轻人又开口："你视古怪的脾气为罪恶，我认为这太过夸张了。"

"绝不，"我回答道，"如果有害于自身与周遭亲友，就值得冠上罪恶之名。每颗心都会想要快乐，不能让大家都高兴，还剥夺了众人的欢乐，这样难道还不够严重吗？你告诉我，有谁心情不好却能隐藏不露，只对着自己发脾气，不去败坏周遭人的快乐！况且坏心情不是意识到自身不足而心生不满，不满意自己，被愚蠢的虚荣心煽动起的忌妒心吗？我们看到别人很快乐，自己心里就不高兴，这种事情让人无法忍受。"绿蒂看我说话时模样激动，因而对我微笑，而弗莉德丽克眼中噙着泪珠，更是鼓励我说下去。"这种人多不幸啊，"我说，"他们操纵别人的心，剥夺别人萌发于自身的单纯快乐。那些暴君因为忌妒而发怒，破坏了我们的喜悦，世间所有礼物与关怀皆无法弥补。"

在这一瞬间，我整颗心饱满不已。若干往事涌上心头，令我热泪盈眶。

"我们要每天都让朋友得到欢乐，"我嚷道，"分享快乐以增添他们的幸福。假如他们心灵被焦躁的热情折磨得痛苦不堪，你有办法给予他们一丁点儿慰藉吗？

"假如青春年华时被你伤害过的人最后得了绝症，憔悴不堪、虚弱地躺在床上，眼神空洞地望向天空，临终的汗珠一阵阵自苍白的额头上渗出，当你站在她的床前，像个罪人似的，深感自己无力救她，恐惧在你心底抽搐，你将愿意牺牲一切，只愿给这位垂死之人注入一点力量与勇气。"

　　讲这段话时，一幕清晰的回忆猛力朝我袭来。我拿出手帕掩住双眼匆匆离座，只有绿蒂的呼唤让我恢复了神志，她说我们要走了。回程路上她指责我不该太感情用事，我会因此毁了自己！我应该珍重自己！噢，天使！为了你，我必须得活下去！

七月六日

她一直待在病危好友的身边，始终殷勤温柔，她的目光所及之处皆能减缓痛苦、使人快乐。昨天黄昏她与玛莉安妮及小马尔琴去散步，我知道后就在路上和她们碰头，然后我们一同散步。走了一个半小时后，我们往城的方向折返，来到了泉边，我珍爱此地，如今的珍爱又增加了一千倍。绿蒂坐上小石墙，我们站在她前面。我环顾四周，啊！从前那段孤寂时光再度浮现在眼前。

"亲爱的泉水啊，"我说，"从何时起，我竟再也不来此纳凉，匆匆赶路经过时甚至不瞧你一眼。"我向下望去，看见马尔琴正急忙端着一杯水爬上石阶。我注视着绿蒂，感受我对她的情感。这时马尔琴端着水来了，玛莉安妮想接过那杯水。

"不行！"那孩子用十分可爱的声调嚷道，"不行！绿蒂姐姐应该先喝！"

我被她嚷出这话时的真诚与好意逗得乐不可支，不知道该如何宣泄此刻的心情，便上前将她从地上抱起，起劲亲吻她一下，却惹得她大哭大叫起来。

"看！你做了什么好事。"绿蒂说。

我不知所措。

"来！马尔琴，"绿蒂一面牵起她的手走下石阶，一面继续说，"去用清泉洗脸，快点！快点！洗完就没事了。"我站在那里看那小女孩用蘸了水的小手使劲揉擦脸颊，深信这神奇泉水可以洗净所有不洁，洗去长出一脸难看胡子的诅咒①。绿蒂说："够了！"那孩子却还在起劲地洗，好像洗越多遍越好。我告诉你，威廉，过去在观看受洗仪式时，我从未怀有这般虔敬的心情。绿蒂走上前来，我恨不得跪倒在她脚下，像跪倒在一位洗刷民族罪恶的先知面前。

当天晚上，我按捺不住心中的喜悦，便跟一位男士讲起这件事，我相信他了解人情世故，因为他有理智，但是我得到的回应太扫兴了！他认为绿蒂这么做是大错特错。人不该欺骗孩子，谎言会引发无数妄念与迷信，这些不良思想从小就不该灌输给孩子。我突然想起，这位男士八天前才刚受洗，因此我把他的话当耳边风，内心只信守这个真理：我们对待孩子应当跟上帝对待我们一样，上帝让我们陶醉在愉快的幻觉中，便是我们最快乐的时刻。

---

① 西方有一种说法，处女被青年男子吻了，会长出胡须。

七月八日

我真是个孩子！我多渴望她看我一眼！我真是个孩子！我们去了瓦尔海姆，女士们是搭车前往。在散步途中，我相信在绿蒂的黑眼睛里——我是个傻瓜，原谅我！你真该看看这双眼睛。我要长话短说（因为我困得快要合上眼了）：瞧，女士们正在上车，年轻的 W 先生、塞尔斯达特、奥德兰与我站在马车四周。女士们探出头来与男士聊几句，瞧他们轻浮随便的模样。我寻找绿蒂的眼睛：啊！她的眼睛左顾右盼，就是没落在我身上！看我！看我！我站在那里，全心全意只盼她看我一眼！我的心对她说过一千次再会，她却不看我一眼！马车驶过，眼泪浸湿了我的眼眶。我目送着她，看到绿蒂的头饰露出车门口，她回过头往后张望。啊！她在看我吗？亲爱的！我的心悬荡着没有答案。我安慰自己：也许她是回头看我！也许！晚安！噢，我真是个孩子！

七月十日

　　如果在聚会中有人提起她，我露出来的蠢样你还真该看看！有人竟然问我，你喜欢她吗？喜欢！我恨死这个字了。如果只是喜欢绿蒂，却不是以全部的感官与情愫喜欢她，那他会是个什么样的人啊！喜欢！最近还有人问我"喜不喜欢莪相①"！

---

① 莪相（Ossian），相传为爱尔兰盖尔人古歌者。

七月十一日

M女士病得很重。为了替绿蒂分忧，我为她祈祷。我很难得能在一位女性朋友家里见到绿蒂，今天她告诉我一件怪事。M老先生是位吝啬刻薄的守财奴，他太太一辈子备受他的折磨与钳制。然而这位女士偏偏知道如何突破难关。几天前，医生告诉她来日无多，她就请她丈夫来（绿蒂当时也在场），开口向他说："我必须向你坦承一件事，否则在我死后可能会引起困扰与麻烦。我操持家务至今，一直尽可能节俭且事事安排妥帖，但你要原谅我，这三十年来我欺骗了你。你在结婚之初就立下规矩，伙食费与其他家用不能破费。后来我们的家务越来越繁多，产业越来越庞大，你也不会依照比例增加每周的开销给我。简言之，你自己也清楚，在开销最大的时候，你仍要求我每周只能花费七个古尔盾①。

"我并未对这个苛刻要求提出异议，而是拿收入盈余来弥补每周超支的金额，反正没人会料到主妇会偷拿钱柜里的钱。我一分钱都没有浪费，即使没跟你说明这件事，照样能心安理得地闭上眼睛。之所以如此做，是担心未来接管家务的人会不知所措，而你会坚称，你的第一任太太就靠这点钱应付过来的。"

---

① 古尔盾，德国古金币。

　　我跟绿蒂谈论，人心的虚妄真是到了难以置信的地步，仅以七个古尔盾应付两倍多的开销，一个人看见了却不起疑，没料到背后所藏的隐情。不过我也认识这样的人，他们认为家中收藏了先知取之不尽、用之不竭的小油瓶，而且丝毫不觉怪异。

七月十三日

　　不，我不是在欺骗自己！我在她的黑眼睛里看出，她真正同情我和我的命运。的确，我感觉得到，就这点我应该信得过自己，她——噢！我可以，我可以向上天诉说我的幸福吗？她爱我！

　　爱我！自从她爱我以来，我就觉得自己多么有价值，我是多么地——不妨告诉你，我相信你能够理解——我是多么崇拜我自己！

　　这是狂妄，还是对状况的真实感受？我不认识那位男子，但我担心他在绿蒂心中的分量不轻。每当她说起自己的未婚夫，用温情与爱恋谈起他，我就觉得自己的全部荣誉与头衔被剥夺，甚至连配剑也被摘走了。

七月十六日

啊！如果我的手指不小心碰到她的手指，如果我们的脚在桌下接触，我的血液就会顿时沸腾起来！我像碰着了火连忙缩回来，但却有股神秘力量又把我拉向前。所有感官的感受都令我头晕目眩。

哦！她无邪纯真的心灵没有感觉到，这些亲密的小动作把我折腾得有多苦，如果她在说话时把手搁在我的手上，为了方便密谈，又把身子靠近我，将嘴中天堂般芬芳的气息吹拂到我的唇上，我就像被雷电击中一样要晕倒了。威廉！倘若我胆敢将这恩宠、这亲昵举动……！你了解我。不，我并未如此堕落！懦弱！十分懦弱！这不也是一种堕落吗？她在我心中是神圣的。在她面前，七情六欲皆沉默下来。我从不知道自己是怎么了，在她身边时，灵魂仿佛随着全身的神经颠三倒四！她喜欢一个旋律，她像个天使在钢琴上弹奏，如此单纯，又如此境界高妙。这是她心爱的曲子，只要她弹起第一个音符，就能让我摆脱一切痛苦、迷惘与忧郁。

我深信音乐的古老魔力。这首简单的曲子迷惑了我！而她又多么懂得弹奏的时机，往往在我恨不得将一颗子弹射进头颅的时候，她的琴音便来冲散我心灵中的迷惘与黑暗，我又能舒畅地呼吸了。

七月十八日

威廉，你想想对我们而言，无爱的世界有何意义！无光的幻灯能有何用处！可是小灯一放进去，就能在白墙上投射出缤纷的图画！当我们像初见世面的少年站在墙前，陶醉在这神奇景象中，我们都快乐无比，即使这一切不过是转瞬即逝的幻影。今天有个聚会无法婉拒，所以没办法去找绿蒂。怎么办呢？我派我的男仆过去，至少我身边的人今天在她身边待过。我焦躁地等待他回来，再见到他时又是多么开心！如果我不害臊的话，我真想捧住他的头亲吻他。

据说世上有种电光石，白天放在太阳底下吸收阳光，到了夜间便会发一阵子的光。我的男仆在我眼中像这种石头，绿蒂的眼睛曾落在他的脸庞、面颊、上衣纽扣与外套的领子上，使这一切都变得神圣、贵重了。此刻若有人愿意出价一千塔勒^①来交换，我也不愿出让这个小子。在他面前，我多么幸福。上帝不会允许你笑我。威廉啊，会让我们感到幸福的皆是幻影吗？

---

① 塔勒，德国古钱币。

七月十九日

　　"我要去见她!"清晨醒来时,我看着东升的旭日,兴高采烈地大声喊出这句话。"我要去见她!"今天我别无他求了。一切的一切都吞没在此期望中。

七月二十日

　　你们认为我应该跟公使前往 X 地，我不愿意附和这个主意。我不太喜欢委身于随从之职，况且大家都知道此人令人讨厌。你说，我的母亲希望我积极点、有活力点。我忍不住大笑出来。我现在不也是有事可做吗？无论我是在数豌豆或扁豆，基本上不都是同一回事吗？世间一切最终到头皆不过是鸡毛蒜皮的琐事罢了，若是谁为了别人，为了金钱、荣誉或是其他东西卖命工作，而非出于自己的热情与需求，他一定是个傻瓜。

七月二十四日

　　因为你十分在意我是否荒废了素描，所以我宁可闭口不谈，也不愿向你承认，这一阵子我画得很少。

　　我从未如此幸福，对于大自然，乃至一石一草从未感受得如此充实与深切，然而——我不知道该如何表达，我的表现力太弱了，一切在我心里游移不定，使得我抓不住任何轮廓。不过我想象，若我有黏土或蜡，便能把它塑造出来。假使黏土能保存得更久，我真的会拿来好好揉捏一番，哪怕捏出来的是糕饼！

　　我已经动手画过三次绿蒂的肖像，三次都画坏了。因为前些时候我还能画得很像，所以我现在更恼火。后来我替她画了一幅剪影，只好以此聊以自慰。

七月二十五日

好，亲爱的绿蒂，什么事我都愿意为你效劳。你尽管多吩咐我，越繁越好。唯有一件事请求你，别再把细沙撒在写给我的字条上①。今天我急忙把字条按在唇上，结果牙齿就被细沙磨得嘎吱作响。

---

① 往信上撒沙子，以便墨迹快一些干。

七月二十六日

　　我已三番两次下过决心，不要那么频繁去见她。是啊，若能说到做到多好！每天我都会抵挡不住诱惑，然后只能在事后庄严地立誓：明天别再去了。可是当清晨降临，我又会找到非去不可的理由，等发现自己又做错时，人已经在她身边了。这理由或是她在傍晚时说："你明天会来吧？"这样谁能不去呢？或是她托我做件事，而我认为亲自把结果告诉她比较得体；或是天气真的太好，我便步行去瓦尔海姆，如果我已在那里了，只要再有半个钟头就可以抵达她那儿！我若距离她的引力太近，转眼间便会到她身边。我的祖母曾跟我讲过一个磁石山的童话故事：船只若是太靠近，船上所有铁制品就会一下子被吸走，铁钉朝磁石山飞去，船板一一倒塌，可怜的人也会因此遇难。

七月三十日

阿尔伯特回来了，我得走了。就算他真是最好、最高贵的人，就算我已做好心理准备，在任何方面我都略逊他一筹，但看到他拥有这么多完美特质，我依然无法忍受。——拥有！——够了，威廉，她的未婚夫回来了！一个正派可亲的人，谁都会对他有好感。幸好迎接他时我不在场！否则我的心会碎掉。他很厚道，尚未当着我的面亲吻绿蒂。愿上帝赏赐他！单就他尊重绿蒂而言，我不能不喜爱他。他对我友善，而我猜想这并非出于他个人的情感，而是绿蒂的功劳。女人在这点上比较细心，而且有其道理：假使她能让两位追求者和睦相处，受益者总是她，尽管这件事不容易办到。

然而，我真的不得不尊敬阿尔伯特，他的怡然自得更鲜明地衬托出我性格上隐藏不了的焦躁。他有丰富的情感，深知自己在绿蒂心中的地位。他看起来没有坏脾气，而你知道，坏脾气是罪，人类所犯的罪恶当中我最讨厌它。

他认为我是个明理的人。我对绿蒂的眷恋，从她一举一动所感受到的温暖的喜悦，更增加了他的胜利感，他因此更爱她了。他是否偶尔会心生妒意来折磨绿蒂，这我无从得知，但倘若我站在他的立场，无法保证自己的内心不会被忌妒的魔鬼蛊惑。

他爱怎样就怎样吧，和绿蒂共处的快乐已经结束了。我该称之为愚蠢还是盲目呢？——名称有什么意义，事实说明了一切！我现在知道的事，阿尔伯特在还没来之前都已知悉。我明白自己没法对她提出过分要求，事实上也没提过——这是说，面对这么可亲可爱的人儿，我只能尽可能无欲无求——如今她的未婚夫真的出现了，我这傻瓜只能干瞪眼，任凭他夺走这个女孩。

我咬牙切齿，嘲笑自己不幸，对那些说我最好认命、如今什么也改变不了的人，我会加两倍三倍地嘲笑回去。让我摆脱这些没感情的废物吧！我在森林里四处游荡，当我去找绿蒂，在小花园凉亭下发现阿尔伯特坐在她身旁，我只能止步不前，然后像个疯子一样放肆、搞恶作剧，干出很多糊涂事来。"看在上帝的面子上，"绿蒂今天跟我说，"我求你，别再像昨晚一样胡闹！你这样乱来真的很可怕。"跟你说句知心话吧，我就等他有事缠身，以便抓住机会像疾风一样出门，见到绿蒂独自一人，我总是喜不自胜。

八月八日

有些人要求我们顺从宿命，我如果斥责他们俗不可耐，肯定不是针对你而来的，请你相信我，亲爱的威廉。我真的没想到你会抱有相同想法。基本上你是对的。唯有一点，我的挚友，世上可以用"非此即彼"来解决的问题极为罕见。情感与行为方式千变万化，就好像鹰钩鼻与塌鼻子之间还有各式各样的鼻子一样。

假使我同意你全部的论点，却在"非此即彼"之间寻求脱身之道，你不会见怪吧？

你说："你要么有希望得到绿蒂，要么没有。在第一种情况下，你尽力争取她，设法实现愿望；在另一种情况下，你得振作起来，设法摆脱痛苦的感受，否则这将耗尽你全部的精力。"好友啊！这话说得好，也说得太轻松了！

有个宿疾缠身的人，生命正渐渐耗蚀，难道你可以要求这位不幸的人拿匕首捅自己一刀，一劳永逸地结束痛苦吗？疾病耗尽他的力量，不也同样剥夺了他摆脱疾病的勇气吗？

你当然会用类似的比喻来回答：与其犹豫畏缩，拿自己的性命当赌注，还不如截去一条手臂保住性命。我不知道答案！我们别再用比喻来争辩了。够了——是的，威廉，有时候我会在一瞬间振作起来，产生摆脱一切的勇气。到那时，只要我知道该往何处去，我就会前往。

即日傍晚

　　我的日记被我冷落好一段时间了，今日又再度捧在手中。我真讶异自己是如何有意识地一步步陷进这一切纠葛里的！对自身处境，我始终看得很清楚，行为却偏偏像个孩子。现在还是看得很清楚，却依然没有悔改的迹象。

八月十日

如果我不是傻瓜，就可以过最好、最幸福的生活。生活中难得遇上这么多愉悦一个人心灵的美好，而这正是我目前的境况。啊！只有心能使自己快乐，绝对是这样。我是这可爱家庭的一员，老人疼爱我像疼自己的儿子，孩子敬爱我像是敬爱一位父亲，还有绿蒂的喜爱！还有正直的阿尔伯特，他从不会乖戾无礼地破坏我的幸福，他用真诚的友谊拥抱我。除了绿蒂以外，我是他这世上最亲近的人！威廉，我们一边散步一边谈论绿蒂，倾听我们交谈会是一大乐事：这世上没有关系比我俩来得更可笑了，我却屡屡为此感动得热泪盈眶。

阿尔伯特跟我讲述绿蒂贤淑的母亲：她在临终时把家与孩子托付给绿蒂，把绿蒂交托给他，从那时起，绿蒂像是变了一个人，兢兢业业地操持家务，认真地成为真正的母亲，每分每刻她都关爱着家人，为他们操劳，却并未因此丧失她天真活泼的性情。我与阿尔伯特并肩同行，我采摘路边的野花，小心翼翼地将它们扎成一把花束，然后抛进流经路旁的小溪里，目送花束随波浮沉。我不记得是否已在信里告诉过你，阿尔伯特要留在这里，他在宫廷谋得了一份待遇优渥的职位，他在那里很受宠。他办事井井有条，工作勤奋，我很少见到像他这样的人。

八月十二日

阿尔伯特无疑是天底下最好的人。我昨天跟他有场不寻常的对手戏。我去向他辞行，因为我一时兴起想骑马入山，我现在就是在山里写信给你。当我在他房间里来回踱步时，目光落在他的手枪上。

"把手枪借给我，"我说，"让我在旅途中用。"

"请便，"他说，"如果你不嫌上弹药太麻烦的话。枪挂在我房里只是摆饰而已。"

我拿下一把手枪，他继续说："我向来小心谨慎，可还是出过一次岔子，之后我就不想跟这玩意儿打交道了。"

我好奇起来，想知道事情原委。"我之前，"他开始讲述，"在一位乡下朋友家住了三个月，随身带的一对小手枪未装弹药，我也照样睡得安稳。一个阴雨绵绵的下午，我正在闲坐着，不知怎么起了个念头：我们也许会遭袭击，也许有必要用到小手枪，也许……你可以想象是怎样一回事吧？我把手枪交给仆人去擦拭和装弹药，可是他却跟女仆闹着玩，拿手枪吓唬她们，天知道是怎么回事，手枪走火了，当时通条还插在里面，于是通条就被射进一位女仆右手，把她的大拇指打断了。我得听女仆哭诉，还得支付医药费，从那时起，我就不再为枪支上弹药了。亲爱的，谨慎有什么用？危险永远防不胜防！虽然……"

现在你知道我很喜欢这个人，却不喜欢他这个"虽然"，因为任何常理都不免有例外，这不是理所当然的吗？但是，此人就是这么爱为自己辩解！他如果仓促说出含糊笼统、似是而非的言论，就会不厌其烦地加以限制、修改与增减，直到最后完全离题。

他这次又说得不厌其详。我后来索性不再去听他说什么，开始一个人胡思乱想，暴躁地将手枪枪口抵住右方太阳穴。

"去你的！"阿尔伯特从我手中夺下手枪，"你想干什么！"

"枪里没装子弹啊。"我说。

"就算是没装子弹，但你这样是什么意思？"他不耐烦地问，"我无法想象竟然会有人愚蠢到要对自己开枪，光是这个念头就令我反感。"

"你们这些人，"我大喊，"谈论一件事时马上会说'这很愚蠢，这很聪明，这很好，这很糟！'这些话究竟是什么意思？你们因此探究过该行为的用意了吗？你们确实了解起因，为什么会发生，为什么非得发生吗？假使你们弄清楚了，就不会如此轻率下判断了。"

"你得承认，"阿尔伯特说，"某些行为，不管是出于何种动机，始终是一种罪恶。"

我耸耸肩，同意他说的话。

"可是，我亲爱的朋友，"我继续说道，"就算在这种情况下还是有例外。盗窃是罪恶没错，但是一个人为了不让自己与亲人饿死而去偷盗，他究竟是值得同情，还是应该接受惩罚？一位丈夫出于愤怒，杀死了他不忠的妻子与诱惑她的卑鄙情夫，谁会第一个拾起石头掷向他？有个少女因为沉醉在爱情难以抗拒的欢快中失了身，谁会判她有罪？就算是我们的法律，和那些冷血的道学家，也会深受感动而免其刑罚。"

"这完全是两码子事，"阿尔伯特回答道，"一个被激情左右、丧失思考能力的人，会被视为醉汉或疯子。"

"啊，你们这些理性的人哪！"我微笑着感叹，"激情！醉酒！疯狂！你们泰然自若、毫无同情心地在那里看好戏，你们这些有德行的人，责骂醉汉，嫌恶疯子，像个神职人员 ① 打一旁走过，像个法利赛人 ② 感谢上帝不曾把你们变成跟他们一样。我不只醉过一次，当时的激情也与疯狂相去不远，却没有令我感到懊悔，因为我已懂得学会适度。所有开创出伟大事业、成就非凡、化不可能为可能的人，向来会被人骂成醉汉或疯子。即使在日常生活中，几乎每位行为不拘小节、无私、做出令人出乎意料的事情的人，都会听到有人在背后议论：'那人喝醉了，他发疯了！'这样的情况真令人无法忍受。你们这些头脑清醒的人真该惭愧！你们这些有智慧的人真该惭愧！"

"这又是你的古怪念头，"阿尔伯特说，"你任何事都夸张过头了，现在你竟将自杀与伟大的行为相提并论，大家都认为自杀是懦弱的行为。寻死自然要比坚强地、忍受着痛苦活着来得容易多了。"我不想再谈下去。这种论调最令我气愤。我吐露出肺腑之言，对方却搬出空泛的陈腔滥调来应付我。

不过我还是把持住了自己，因为我常常听到这样的话，也经常为此生气，所以这回我仅用稍微激烈的语气回答："你说自杀懦弱？我拜托你，别被假象蒙骗了。如果有一国的人民在暴君奴役下呻吟，以致最终揭竿而起，扯断束缚他们的枷锁，这能说是懦弱吗？一个人看见大火扑向他的屋子后，在惊恐之余竭尽全力抢救，轻易扛起他平心静气时根本搬不动的沉重家当；一位受侮辱的人，在愤怒之下以一对六，击败了所有对手，这能说是懦弱吗？我的好友，如果竭尽全力是坚强，为什么过度紧张反而是懦弱呢？"

---

① 此处指见死不救的假善人。

② 此处指伪君子。

　　阿尔伯特注视着我，然后说："可别生我的气，但你所举的例子看起来跟我们在讨论的问题毫无关系。"

　　"可能是吧，"我说，"人们常指责我，说我的联想方式有时近乎牵强。让我们来看看，是否能以另一种方式想象一下，一个人在怎样的心情下才打定主意抛去生命这个愉快的重担？唯有这样，我们才能切身去体会，才有资格谈论这件事。"

　　"人类的天性有其限度，"我继续说下去，"对于喜悦、悲伤、痛楚，仅能承受至一定的限度，一旦超过，人就会毁灭。由此可见，这不是一个人究竟是软弱还是坚强的问题，无论是道德上还是肉体上的痛苦，关键都在于他是否承受得住。我认为说一个死于恶性热病的人是懦夫很无礼，同样的，把一个自杀的人说成懦弱也很不合理。"

　　"荒谬！非常荒谬！"阿尔伯特大喊。"没你所想的荒谬，"我回答道，"有一种疾病会严重损害一个人的体质，并消耗其部分精力，同时也让另一部分精力失效，使其再也没有能力自救，无法通过奇迹恢复正常的生活，我们称这种疾病是绝症。这一点你同意吧？

　　"现在，我亲爱的朋友，让我们把这种病移到精神方面来看。有个人天生受限，仔细瞧瞧外来印象是如何影响他，种种观点是如何在他脑海里变得根深蒂固，激情日积月累，直到最终掠夺了他所有冷静的思考能力，并且毁了他。

　　"沉着理智的人能看清不幸者的境况，即便他也无计可施，即便他费尽心力劝说也是徒劳无功！就好像是一位健康的人站在病人床前，却无法把自己的生命力灌输给他一样。"

　　这说法对阿尔伯特而言过于空泛。于是我再举一个少女的例子，这女孩不久前被人发现溺毙在水里，我对他讲述她的故事：一个年轻的姑娘在一个简单的小家庭里长大，每周操持固定的家务，只有礼拜天能穿戴着自己一件一件添置起来的漂亮衣饰，与朋友到郊外去散步，或在盛大庆典上跳跳舞，再就是跟邻家女兴致勃勃地闲聊，谈论他人的口角是非与流言，除此之外娱乐活动很有限。如今她热情的天性终于感受到内心更深的渴求，在男子们殷勤奉承下，她的渴求更强烈。以前的生活逐渐令她觉得乏味。最后她终于遇见一个男子，不由自主对他产生一种前所未有、不可抗拒的情感，把自己所有的希望都寄托在他身上，以致忘记了周遭的一切。她什么都看不见也听不到，只是感受到他，只是渴望着他。虚荣世俗的空泛消遣并未败坏她的天性，她只追求这一个目标，只想成为他的人，想要在永恒结合中找到她欠缺的幸福、她渴望得到的欢乐。男子再三对她许下承诺，保证能实现她所有的愿望。大胆的爱抚增添了她的欲念，掳获她全副的灵魂。她的意识模糊飘荡，她沉溺在快乐的预感中，兴奋到最高点。她终于伸出双臂拥抱住一切愿望，可是她的情人却离她而去。她吃惊发愣，失了魂地站在深渊前，四周一片黑暗，没有希望，没有安慰，没有感觉！只有在他身上，她才能感觉到自己存在，而今他抛弃了她。她看不见在她面前的广大世界，看不见还有许多人能弥补她失去的一切，她感到孤独，被世界遗弃，内心的巨大痛苦将她逼上绝境，于是她盲目地纵身跳下深渊，以求所有痛苦能窒息在死亡的怀抱。看啊，阿尔伯特，这就是某些人的遭遇！你说这难道不是一种病吗？若在混乱矛盾的情绪迷宫里找不到逃脱的出口，此人唯有一死。

"有种人会袖手旁观，并且说：'傻丫头！只要她耐心等待，让时间治疗她的伤口，绝望就会渐渐消失，她会再碰上一个能够安慰她的人。'说这种话的人真是可悲啊。这无异于有人说：'那傻瓜怎么会死于热病呢！只要他耐心等待，体力自然会恢复起来，体液的状况改善，血液就能恢复正常循环，一切都会好好的，到今天都还会活着！'"

阿尔伯特还不太明白这个比喻，因此提出一些反对意见，其中他说：我提到的只是个思想单纯的女子，如果是个有理智的人，生活环境不是那么受拘束，能看清更多关系事态，这样的人若是自杀还要求别人原谅，他就无法理解。"我的朋友，"我大喊，"人终归是人，当情绪激昂，自身受限又被苦苦相逼，人类那一点点理智根本派不上用场。反倒是……下回再谈吧。"说着我抓起帽子。噢！我心中有好多话如鲠在喉。我们分道扬镳，带着对彼此的误解。这世上没有人可以轻易了解另一个人。

八月十五日

我敢肯定，人生在世只有爱情才能让一个人变得不可或缺。我在绿蒂身上感觉到她不愿意失去我，孩子们也都认定我明天又会照常来访。

我今天去为绿蒂的钢琴调音，可是却没能办成，因为孩子们总是缠着我，要我说个童话故事给他们听，绿蒂也说我应当顺从他们的意思。我为他们切晚餐的面包，他们喜欢让绿蒂分面包，但现在也同样乐意从我手里拿到面包。我跟他们讲我最拿手的故事，关于一位被人们捧在手心伺候的公主。在讲故事时，我跟你保证，我学到很多东西。这个故事给他们留下的深刻印象，令我十分吃惊。有时我必须临时编造情节，因为在讲第二次时就忘了某段，他们立刻会发现这回跟上回讲的不一样，因此我现在不得不练习采用吟咏的音调，一口气将故事一字不差地背诵出来。从这件事中我领悟到，一个作者如果在再版时改动了他的故事，即便是改得更有韵味，也必定会损害他的作品。大家都乐于接受第一印象，人类天性如此，就算最离奇的事也会深信不疑。大家也会立刻将此铭记在心，想要修改或抹去它的人就该倒霉了！

八月十八日

让人幸福的事也会成为痛苦的泉源，难道非得如此吗？

生机勃勃的大自然曾让我心中温暖又饱满，这澎湃的喜悦淹没了我，让我周遭的世界化为天堂，但如今，这感觉却变成令人不堪忍受的迫害者，如影随形追捕着我。我一如往常站在河岸的山崖上眺望富饶的山谷，直望至远方的丘陵，我看见周遭万物都一派生机。我看见高山，从山脚至峰顶覆盖着浓密的参天大树，那些曲折蜿蜒的河谷被怡人的森林庇荫，平静的河水缓缓流过细细低语的芦苇丛间，可爱的云彩乘着温柔的晚风，在河水上投下倒影；我听见万鸟争鸣，森林因此异常热闹起来，百万蚊子大军迎着夕阳余晖纵情飞舞，最后一道颤抖的光引出在草丛里嗡嗡鸣叫的甲虫；四周的鼓动与熙攘使我注意到地面，苔藓从我脚下坚硬的岩石里摄取养分，灌木丛在贫瘠的沙丘上生长，所有一切皆向我揭示大自然内在的、炽热神圣的生命。我曾经把这一切都揽进我温暖的心里，身处在满溢的富饶里，仿佛飘飘欲仙，无穷世界的美妙如万物复苏，活在我的心灵中。崇山峻岭环绕我，深渊在我眼前，溪涧倾泻而下，河川在我脚下流淌，森林与山岭回音袅袅。我看见所有神秘莫测的力量，在地底深处相互作用与创造；又看见各色物种群集在天下地上。万物皆以千百种姿态群聚繁殖，人类为谋安全各据一方，群居在小屋里，还以为统治了广大世界！可怜的傻瓜！因为你如此渺小，所以你鄙视万物。

从难以攀登的山岳，到人迹罕至的荒野，直至未知的海洋尽头，皆吹拂着永恒创造者的气息，他为每一粒因聆听他声音而存在的微尘欢欣。啊！那时候，我多渴望能乘着从头上飞过的大鹤翅膀，前往那茫茫海洋的彼岸，从无穷尽的、冒泡的酒杯中啜饮高涨的生命狂喜，从我胸中的有限力量里，感受一滴创造者自身并透过自身创造的极乐，哪怕仅有片刻也好。

兄弟，唯有回忆起那些时光能让我快乐。甚至唤回那笔墨难以形容的感觉并且再次将之说出口的努力，也会提升我的心灵，但也令我对目前的处境倍感担忧。

挡在我心灵之前的帷幕好似被拉开了，无限生命的舞台在我面前转变成深渊，通向永远敞开的坟墓。你能说"这是存在"吗？万物稍纵即逝，皆迅如闪电，生命很少能经久不衰，啊，不全都掉落河里卷走、沉没，或撞到礁石碎尸万段了吗？时间每分每刻都在侵蚀你和你周遭的一切；你每分每刻都是破坏者，不得已的破坏者，连最无害的散步也会夺去千百只可怜小虫的性命，一举足便会毁掉蚂蚁们辛苦建造起来的窝，将一个小世界践踏成一座悲戚的坟墓。哈！一场洪水冲走你们的村庄，一次地震吞噬你们的城市，触动我的并非这些世上百年罕见的大灾难，而是隐藏在大自然界万物中的破坏力，自然万物必会摧毁其友邻，甚至破坏自己。因此我恐惧地跟跄而行！天与地与万物的种种力量在我四周活动，我什么都没看见，只看见一个永远在吞噬、永远在反刍的怪物。

八月二十一日

　　早晨，我从沉甸甸的梦中慢慢醒来，茫然地将手臂伸向绿蒂却扑了个空。夜里，一个天真幸福的梦蒙骗了我，以为自己正伴着她坐在草地上，抓着她的玉手印上了数千个吻，因而我在床上寻找她却徒然。啊！我在半梦半醒之间摸索她，因为找不到她而惊醒———一股泪水自我压抑的心中涌出，我得不到慰藉，对着黑暗的未来哭泣。

八月二十二日

威廉，我变得心神不宁，懒散怠惰，这真是不幸。我没法闲着，却又什么事都无法做。我没有想象力，对大自然无感，书籍令我作呕。当我们失去自我，也就会失去一切。

我向你发誓，有时候我宁愿当个钟点工，只想在清晨醒来时，对新的一天有追求，有希望。看到阿尔伯特埋在文件堆里，我常常忌妒他，想象假若自己是他的话会有多快活！

好几次我想写信给你和部长谋求公使馆的职位，你曾向我保证，不会拒绝我的请求。我自己也如此相信。长久以来部长都很关照我，为我操心，劝我投入工作，我也曾认真考虑过这件事。

后来再想起这件事，我就会想起那则马的寓言：马儿因为厌倦自由而让人套上鞍辔，最后被人骑垮了——我又开始举棋不定——我亲爱的朋友！我渴望改变现状的心情，不正是一种内心的焦躁吗？这焦躁如影随形地纠缠着我。

八月二十八日

假使我的病有药可医，也只能让这两个人来医治，我说真的。今天是我的生日，一大早我就接到阿尔伯特托人送来的包裹。一拆封就看到一只淡红色的蝴蝶结，我初次认识绿蒂时就看她戴在身上，好几次求她送我都未能如愿。包裹里还有两本十二开的书，威特施坦出版的《荷马选集》，这个版本我好几次想要买，因为出门散步时就不须携带沉重的埃尔涅斯特版了。看吧！我尚未说出愿望，他们就知道要如何满足我，献上所有能表示友谊的小殷勤，这些比那些华丽的礼物贵重千倍。赠送贵重礼物的人无非是出于虚荣心，贬低我们罢了。我吻了这只蝴蝶结不下千遍，每一次呼吸都吸入了幸福的回忆，那短暂的欢乐日子一去不复返啊。

威廉，事情就是如此，不是我要发牢骚，生命之花仅是幻象！多少花儿随风消逝，未曾留下一丝痕迹，能结成果实的花儿那么少，能成熟的果实就更少了！即使如此，仍有足够多成熟的果实，然而——噢，我的兄弟！——我们能对成熟的果实视而不见，轻视它们，不去品尝而任其腐烂吗？

再会！这个夏天很美。我常常坐在绿蒂家的果树上，拿着摘取果实的长竿子，采下挂在树梢上的梨。她就站在树下，接住我往下传的梨子。

八月三十日

　　不幸的人！你是个傻子不成？你不是在欺骗自己吗？心中激情奔腾有什么意义？我只向她祷告，心中只想象她的姿态，只从我与她的关系来看世界万物。这让我得到几小时的愉快时光——直到我不得不离开她身边！

　　啊，威廉！我的心常常催促我！当我在她的身边坐两三个钟头，欣赏她的姿态、举止，以及她话语流露的美妙意境时，渐渐地，我所有感官都绷紧了，眼前变得一片阴暗，几乎什么也听不见，仿佛有人掐住了我的脖子。我的心狂跳起来，想让饱受折磨的感官喘口气，反倒使它们更混乱迷惘——威廉，我常常不知道自己是否还在这世上！悲伤有时占满我心，幸好绿蒂会给我一点安慰，允许我伏在她的手上哭个痛快，发泄心中的抑郁。所以我必须离开，必须出去。在田野里漫无目的地游荡，攀爬陡峭的山，穿过崎岖难行的森林，踏出一条小径来，即使被灌木丛刺伤，被荆棘划破了皮肉，我都快乐无比！然后我会稍微舒坦些！稍微！有时我因为疲惫和口渴而在途中歇躺着，有时深夜里明月当头，我在僻静的森林里，在一株弯曲的树上坐下，稍微舒缓磨破的脚掌，寂静中我又疲又累，最后伴着晨曦的微光入睡！噢，威廉！小室独居、粗呢衣、荆棘腰带，将是我心灵渴求的甘露。再会！我看唯有坟墓才是这悲惨境况的最终结局。

九月三日

　　我非走不可！威廉，谢谢你在我摇摆不定时让我下定决心。十四天以来，我一直打算要离开她。我非走不可。她又进城去她的一个女友家了。而阿尔伯特……还有……我非走不可了！

九月十日

我度过难受的一夜！威廉！此刻我挺过来了。我不会再见到她了！噢，我恨不得飞扑到你身上，抱着你痛哭流涕，告诉你我心所受的冲击，我的挚友。我坐在这里大口喘气，力求镇静，等待天明，我雇了辆马车，日出时分便要启程。

啊，此刻她睡得安稳，不会想到她再也见不到我了。我强迫自己离开她，在历时两小时的交谈中我足够坚强，没有泄露我的意图。上帝啊，这是怎样一场谈话啊！

阿尔伯特答应我，用过晚餐后立刻跟绿蒂到花园来。我站在高大栗树掩映的平台上，最后一次目送夕阳从可爱的山谷、平静的河流上渐渐下沉。我以前经常跟她站在这里，观赏刚刚上演的壮丽景色，而今……我徘徊在我珍爱的林荫大道上。在认识绿蒂之前，这里就有种神秘魅力吸引我时常在此驻足。我们初识时便发现，我和绿蒂都眷恋这个小地方，这又令我俩多么高兴。这里真是我见过由人创造出来的最浪漫的一处地方。

你能在栗子树间眺望远景——啊，我记得曾在信上描述过好多次了。高大的山毛榉树排列成高墙，树旁的小灌木丛使得林荫大道越显幽深，尽头是一个封闭的小广场，寂静的气氛令人心生敬畏。一次正午，我第一次踏进这地方，心中涌现的归属感到现在还能感受到。那时也已隐约有预感，这里很适合成为上演幸福与痛苦的舞台。

我沉浸在别离与重逢的思绪中，既感伤又甜蜜，约半小时之后，我听见他们步上平台。我快步走上前去，在抓起绿蒂的手亲吻时不禁打了个寒战。我们刚走上去，就见到月亮从灌木丛生的小丘后方升起，我们闲话着家常，不知不觉来到幽暗的小楼阁。绿蒂走进去坐下。阿尔伯特坐在她旁边，我也一样，然而内心的骚动让我无法久坐。于是我站了起来，走到她前方，来来回回踱步一段时间后，才重新坐下：这情况真可怕。绿蒂提醒我们注意美丽的月光，月光从山毛榉树墙尽头照来，照亮了前面的整片平台，由于周围被深深的暮色包围，这景象更是格外动人。我们皆沉默不作声，片刻后她才开始说话："每次在月光下散步，我没有一次不会想起逝去的亲友，他们引发我对死亡、对未来的感触。""我们会再生吧！"她以最优美的声调继续说，"可是，维特，我们会再次相逢吗？会再认出彼此吗？你认为呢？你怎么说？"

"绿蒂，"我说，同时把手伸向她，眼眶溢满泪水，"我们会再见面的！今生与来世都会再相见！"我没法再继续说下去了。威廉，我心中正充满离愁，她却要问我这样的问题！

"我们已故的亲人是否能知道我们的情况？"她继续说道，"是否知道，我们一切安好时总是会怀念他们？啊！在宁静的傍晚坐在弟妹中间，就像当年母亲坐在她的儿女中间一样，他们聚集在我身边，就像从前聚集在她身边一样，此时，母亲的形象总是在我左右。我满怀渴望噙着泪水仰视天空，希望她能俯视片刻，看见我信守着在她临终时许下的承诺：做她孩子的母亲。我是以怎样的情感呐喊道：'最可敬的母亲，如果在他们心中我没法与你相比，请你原谅我。啊！我已经竭尽所能，他们确实衣食不缺，啊，而且更重要的，他们都得到了无微不至的照料与关爱！神圣母亲啊！如果你能看见我们现在相处和乐有多好。你在临终前曾流下泪水，祈求上帝保佑你的孩子，现在你会用最热烈的感激之情颂扬他。'"这是她说的话！噢，威廉，谁能重复她说的话呢！冰冷、刻板的字母怎能表达这神圣的精神呢！阿尔伯特温柔地打断她的话："亲爱的绿蒂，你太激动了！我知道，你执拗于这些想法，不过我请求你……""噢，阿尔伯特，"她说，"我知道，你没忘记那些晚上，爸爸出远门了，我们把幼小的孩子送上床后，就一同坐在小圆桌旁边。你常常手里拿本好书，却很少翻开来读，难道不是因为与这美好灵魂交际胜过所有消遣吗？这位美丽、温柔、活泼、能干的女性！上帝知道我时常在床上流着泪，扑倒在他面前，祈求他让我变得跟母亲一样。"

"绿蒂！"我叫出声来，同时扑倒在她面前，握住她的手，泪水滴到她的手上，"绿蒂！上帝的恩典与你母亲的灵魂都护佑着你！""如果你能认识她就好了，"她说，同时紧握我的手，"她值得你认识！"我觉得我快要昏过去了。

从未有人对我说过比这个更令我感到光荣与骄傲的话。然后她继续说："这位女性却在盛年离开人世，她的小儿子还未满六个月！她的病并没有折磨她太久，她很镇定、认命地面对死亡，唯有想到孩子们时会感到心痛，尤其是想到老幺时。临到生命尽头，她对我说：'带他们上来吧！'我把他们带进来，年幼的孩子不懂，年长的孩子也未意识到什么，他们环绕在病床边，她举起双手为他们祈祷，一一亲吻他们，而后叫他们离开房间，然后对我说：'当他们的母亲吧！'我握住她的手宣誓！'你承诺我的任务不轻啊，我的女儿，'她说，'你要有母亲的心肠与眼睛。我常常从你流下感激的泪水中看出，你知道如何当个好母亲。如此待你的弟妹吧，对你父亲要有忠实与服从之心，就好像一位妻子。你能够安慰他的。'她问起了父亲，父亲为了掩藏心中难以承受的悲伤出门去了，他完全心碎了。

"阿尔伯特，你当时在房间里。母亲听到你的脚步声问起你，要你到她床前，她仔细地看看你和我，流露出慰藉与平静的神色，好似在说我们会幸福，会一起幸福。"阿尔伯特挽住她的颈子亲吻她，随即叫喊道："我们很幸福！我们将来也会幸福！"一向沉静的阿尔伯特完全无法自持，而我当时也已神志不清。"维特，"她又开始说，"这样完美的女性竟会这么早离世！上帝啊！我有时会想，生命中的挚爱被带走时，没人会比孩子更悲痛，即使很久以后事过境迁，他们还是会哭诉黑衣男子把妈妈带走了！"她站起来，我恢复了神志，震惊不已，仍然呆坐着握住她的手。"我们要走了，"她说，"时候不早了。"她想把手抽走，我却握得更紧。"我们会再见面的，"我喊道，"我们会找到彼此，不论变成了什么模样，我们都会认出彼此来。我走了，"我继续说，"我心甘情愿地走了，可是如果要说永别了，我可能会无法忍受。再会了，绿蒂！再会了，阿尔伯特！我们会再见的。""我想，就在明天见吧。"她开玩笑地回答。明天，这个词刺痛了我！啊，当她把手从我手中抽出时，她一点都不知道……他们走出了林荫大道，我站着，目送他们在月光下的背影，然后扑倒在地上号啕大哭，随后又跳起来，跑到平台上，看见高大菩提树的阴影下，她的白衣在花园的门后闪烁，我伸出双臂，白衣已消失了！

第二巻

一七七一年十月二十日

我们昨天抵达此地。公使身体微恙，因此必须在这里逗留几天。假使他对人的敌意不是这么深，这份差事就不算太坏。我发现，我发现命运为我安排了种种严酷考验。鼓起勇气吧！只要心情轻松，什么都能忍受！心情轻松？这话令我发笑，我的笔下怎么会冒出这种话来。唉，只要我心情能稍微轻松一点，我就会成为天底下最幸福的人。怎么！别人凭借一丁点儿能力与才华，便自负自满地对我大放厥词，我就要因此怀疑自己的能力与天赋吗？好心的上帝啊，你赐予我所有这一切，为什么不收回其中一半，给我自信与知足呢？

别急！别急！情况会渐渐好转。因为我告诉你，亲爱的，你是对的。自从我不得不与老百姓互动，看他们在做什么，怎么做以来，我便对自己满意多了。确实如此，因为我们天生就会拿万物与自己比较，或拿自己与万物比较，这么一来，幸与不幸就取决于我们比较的对象了，因此对一个人来说，最危险的状况莫过于寂寞。我们的想象力在本质驱使下提升，并受到文学幻想滋养，虚构出了许许多多出色的人物，而我们自己位居最卑微之处，好像自身之外的万物皆更美好，任何人都比自己更完美。这看起来似乎理所当然。我们屡屡觉得自身有所不足，又常常觉得别人拥有我们所欠缺的，并且将我们具备的一切优点加诸在他身上，为他添上理想化的风采。于是，一位完美的幸运儿诞生了，这完全出自我们的想象。

　　反之，如果我们不理睬诸多弱点，遇上种种困难时，只是努力勇往直前，那样便会发现，虽然是缓缓前进，逆风行驶，却可以比使用帆桨的人行得更远。而且，一个人只有与他人齐头并进，甚至遥遥领先时，才会真正感受到自我的价值。

十一月二十六日

我觉得可以勉强适应这里的生活了。

这里的好处是有足够多的事情可以做；其次就是有各式各样的人，他们以各种崭新形象在我的心灵上上演一出出精彩的戏。

我结识了 C 伯爵，对他的敬重与日俱增，这位先生见多识广，头脑聪明，他洞察一切，因此不是高傲冷漠的人。他的言谈举止间闪耀着友谊与爱的光辉。我办好他托付给我的事情，他便对我表示关切，才说了几句，他就发觉我们能互相理解，不能跟别人说的话也能对我倾诉。他对我如此开诚布公，我认为这怎么称赞也不为过。

见到一个伟大心灵向一个人敞开，恐怕是这世上最纯粹、最真实的喜事吧。

十二月二十四日

公使给我制造了很多麻烦，我倒是早已预料到了。他真是有史以来最呆板的蠢材，什么事都一板一眼，像个老太婆一样啰里啰唆。他对事情总是不满意，因此也不会称心于任何人。我办事喜欢爽快利落，一件事完成了就完成了，而他却喜欢把文章退回给我说："写得好，但你再仔细检查，一定可以找出更恰当的字眼与更精简的词汇来。"我真是气得发疯。不能省略一个"与"字，甚至一个小小的连接词；我有时不经意使用的倒装句法，更是他的眼中钉。若是句子不是按照惯用的语调，他就完全无法理解。跟这样的人打交道真是活受罪。

唯有 C 伯爵对我的信任才能补偿我。他最近坦率地对我说，他对这位公使办事拖延与犹豫不决有多么不满。这种人只会给自己与他人增添麻烦。"可是，"他说，"我们只能听天由命，就像必须攀越一座山的旅人。假使没有这座山，道路自然会舒坦、缩短许多，但现在山就在那里，只能翻越过去了！"

我那位上司大概也察觉到伯爵赏识我胜过他，因此十分恼火，逮住机会便向我说伯爵的坏话。我自然是反驳他，结果事情变得更糟了。昨天他甚至激怒了我，因为这番话也批评到我了：处理俗事伯爵很擅长，他办事敏捷，能写一手好文章，不过他跟所有文人一样，学问做得不扎实。他脸上的表情好像在说："你感觉得到这是讽刺吗？"但是这番话对我没有影响，我鄙视那些有如此想法与行为的人。我叫住他，以言语猛烈抨击。我说："伯爵值得人们尊敬，不单因为他的性格，也因为他的学养。"我说，"我从未见过有人像他如此心胸宽广、见多识广，却又努力不懈工作。"但这对这个西班牙乡巴佬的脑袋来说太难理解，我立即告辞了，不想再因他胡说八道而大动肝火。

这一切都要怪你们啊，天花乱坠地游说我，劝我套上这个枷锁，再三鼓吹我要积极！积极！假使种马铃薯与驱马进城卖谷物的人不比我有作为，我愿意在这艘奴隶船上再做十年苦工。

这里还有一些很讨厌的人，他们虚有其表，无聊透顶！他们争权夺位，处心积虑，凡事抢在别人前面，连最可悲与可怜的欲望也毫不掩饰。例如这里有位女子，逢人便炫耀她的爵位与领地，初来乍到的人听了会觉得她是个神经病，凭她那点爵位与领地就以为自己有多了不起。但是实情更不堪：这位女子原来只是邻近地方书记官的女儿。看吧，我就是无法理解这么缺乏自觉，这么庸俗地出卖自己的人。

我亲爱的，我日益体认到，拿自己为标准去衡量别人是多么蠢。更何况我自顾不暇，我的心狂躁如暴风雨。啊，我乐于任凭他人走他们自己的路，只要他们也让我走自己的路。

让我觉得最可笑的是市民的不幸处境。虽然我清楚知道阶级区分的必要，这甚至带给我些许优势：只要在我在这世上还能享有一点快乐与幸福的地方，它不刚好妨碍我就好了。我最近在散步时认识了一位 B 小姐，一位讨人喜爱的人儿，在这呆板生活中还保留了非常多的自然天性。我们谈得很投机，分手时，我请求她同意让我登门拜访。她非常爽快地同意了我的请求，害我巴不得去找她的日子快点到来。她不是本地人，住在一位姑妈家。这老妇的模样没引起我的好感，但我依然对她彬彬有礼，多半都在与她交谈。不到半个钟头，我就已经大致了解她的情况，之后 B 小姐自己也跟我承认：亲爱的姑妈年老了却一无所有，没有与身份相符的财产，精神上非常空虚，除了显赫的祖先外没有其他依靠，除了她苦守的地位之外没有其他保障，除了从楼上居高临下俯视，一见市民的脑袋，眼光就瞟向别处外，没有其他娱乐。她年轻时据说容貌很美，却虚度了她的青春年华。最初她任性地折磨了一些可怜的年轻人，到了中年时委身于一位老军官。为着她的顺从，老军官以微薄薪水负担生活费，与她度过残年后去世。如今她孤苦无依，要不是因为她的侄女这么迷人，没有人会理睬她。

一七七二年一月八日

　　将全副精力放在繁文缛节上的，究竟是怎样的人啊！他们穷年累月地搜索枯肠，就是为了让自己的地位更上一层楼！他们并非没别的事可做，不，工作反倒堆积成山，正因为他们净关心那些琐碎的烦恼，才把该办的重要事情都耽搁了。

　　上礼拜乘雪橇出游时还发生了争执，糟蹋了大家的兴致。

　　这些傻瓜都看不出来，地位高低其实根本不重要，居高位者鲜少是重要角色！国王依靠大臣治理国政，大臣依靠幕僚来治理国政！如此一来，谁才是一国之首呢？我认为，能明察秋毫、掌握实权、足智多谋，能驱使他人用力量与热情来执行自己计划的人，才是重要角色。

一月二十日

亲爱的绿蒂，我非得写信给你。为了躲避暴风雪，我正在一间简陋乡村客栈的小房间里。只要我还在凄凉的 D 镇，还在陌生且不投契的人们之中周旋，我的心就不会让我有片刻空闲可以写信给你。如今我孤独寂寥地待在这栋小屋，雪花与冰雹扑打我的小窗，在这封闭氛围里，我第一个想到的就是你。一踏入这间斗室，你的样貌、对你的思念即刻向我袭来，噢，绿蒂！你是多么神圣，多么温暖！仁慈的上帝啊！最初的幸福时刻又回来了。

我最亲爱的，我已身陷心神纷乱的波涛中！我的感官已经枯竭，内心没有片刻感到充盈，没有喜悦的时光！什么都没有！什么都没有！我仿佛站在西洋镜前，看见小人与小马在我面前旋转，我常常自问，这是否是视觉上的错觉。而我也参与演出，更确切地说，我就像是个傀儡被人操纵着，偶尔触碰到我身旁的木手，会惊骇得马上把手缩回去。晚上我计划要早起欣赏日出，时候到了却爬不起来；白天我盼望着月光，到晚上却待在我的斗室里。我真不知道为何要起床，为何要去睡觉。

让我生命活跃的酵素消失了；让我深夜精神饱满，清晨从睡梦中唤醒我的刺激，消失了。

我在这里只认识一位女性，一位冯·B 小姐，她很像你，亲爱的绿蒂，如果这世上真的有人像你的话。你会说："哎，这人会说俏皮话呢！"这话倒不是完全没道理。近来我很会献殷勤，因为我没别的办法，我也变得诙谐多了，女士们都说，没人能像我这么善于奉承（与撒谎，你可能会添上一句，因为不撒谎就行不通了，你说是吧？）我想要谈谈冯·B小姐。她有灵性，它充分流露在那双湛蓝眼睛里。她的身份地位拖累了她，让她的心愿都得不到满足。她渴望能摆脱混乱喧嚣，我们一同幻想在乡村田野中享受纯净的幸福。啊！我们还谈到你！她常常恭维你，不是勉强，而是发自内心地称赞，她很喜欢听我说你的种种事情，而且爱慕你。噢，我渴望着能在那亲爱又熟悉的小房间里，坐在你的脚边，小可爱们在我周围打滚，如果你觉得他们太吵闹，我就会讲个恐怖的童话故事，他们就会安静下来。

绚丽的夕阳悬在白雪皑皑的田野上，暴风雪已过，而我……又必须把自己关回我的牢笼里。再会！阿尔伯特在你身边吗？你们好吗……？愿上帝宽恕我如此发问！

二月八日

　　恶劣的天气已经连续八天，我却觉得十分惬意。因为自从我来到此地，每一个好天气都被人破坏了，或者是让人搞得很不痛快。如果现在真的在下雨、飘雪、结霜、融雪，哈！我心想，待在家里也不会比到外面更糟，天气很糟，待在家里反倒正好。如果清晨太阳升起，预示今天会是个好日子，我就会忍不住大叫：天赐良机，他们又可以互相谋害了！他们每样东西都要争。健康、名誉、欢乐、休息！多半是源于愚蠢无聊、无知无识、器量狭小，如果听他们说话，个个都会说出大道理。有时我不禁想要跪下来求他们，别再那么疯狂地大肆争吵了。

二月十七日

　　我担心我和公使共事的日子恐怕不多了。此人简直叫人无法忍受。他行事的作风与处理事务的方式如此可笑，令我忍不住要与他背道而驰。屡屡依照自己的想法与方式去办，自然事事不符合他的心意。

　　最近他向宫廷告了我一状，部长虽然训斥我时语气温和，但终究训斥了我，我正打算辞职，就接到他写来的一封私人信函①，信中充满高尚的情操与睿智，令我五体投地。他责备我过度感情用事，我在效率、影响他人行为、工作执行方面观念偏激，他认为这是出于年轻人的善意与勇气，他对此表示尊重，并不觉得必须铲除这些想法，仅想要缓和它，并将其引导到能够真正发挥作用与影响力的地方。我的精神因此振奋起来，身心舒畅已有八天之久。内心平静的确是珍宝，自身的喜悦也是。亲爱的朋友，这珍宝既美丽又珍贵，而且十分难得，但愿不会易碎才好。

---

① 出于对这个位杰出人物的尊敬，编者从书里抽去了这封信以及后文提到的另一封。因为编者认为，不这样未免冒失，就算能得到读者的热情感谢，也依然不可原谅。——作者注

二月二十日

上帝保佑你们，我亲爱的朋友，愿他将所有从我这里夺去的好日子都赐予你们！

阿尔伯特，谢谢你瞒着我。我一直在等待你们的婚讯，打算在那天隆重地将绿蒂的剪影自墙上取下，埋藏在其他画纸下面。

如今你们已成为夫妻，而她的像却还在这儿！就让它留着吧！有何不可呢？

我知道，我一直与你们同在，留在绿蒂心中，但这无损你的地位，是的，我只位居第二，我想要并且也一定要保持这个地位。噢，假使她忘了我，我一定会发狂。阿尔伯特，这想法真折磨人。

阿尔伯特，再会，天上的天使！再会，绿蒂！

三月十五日

我气恼不已，不得不离开此地。我恨得咬牙切齿！魔鬼！事情已无法补救，而且错都在你们，你们不断鞭策我、催逼我、折磨我，让我接受一个不合我心意的职位。我现在受罪了！你们也受罪了！不要再说是我偏激的想法搞砸了一切，亲爱的先生，我写下一篇文章记述整件事情始末，就像编年史作家一样写得简明扼要。

C伯爵喜欢我，器重我，这你是知道的，我已经跟你说过一百遍了。我昨天受邀去他家吃饭，而当天晚上在他府上碰巧有一群高贵的绅士与女士要举办一场聚会，我没将此事放在心上，也没想到我们这些出身低微的人不能参与。好，我在伯爵府上用餐，饭后我们一同在大厅里踱步聊天，并与刚抵达的B上校谈话，而聚会的时间也逼近了。上天为证，我什么也没想到。这时，高贵的冯·S夫人在她夫婿与女儿的陪伴下进来，她女儿着实是只在细心照顾下孵化出来的小鹅，胸脯平坦，腰身紧束。他们从我旁边走过时，趾高气扬地扬起世袭上等贵族的眼睛与鼻孔。我打心底厌恶这类人物，正想告辞，只等着伯爵从令人厌烦的应酬中脱身，这时B小姐走进来了。每当我见到她，心中总会畅快些，因此我还是待着，站在她的椅子后面，过了一会儿才察觉到，她与我交谈的态度不似平常坦率，而是带着些许窘态。这引起了我的注意。我心想，她也跟那些人一样。我的心被刺痛了，原本打算离去，但还是留了下来，因为我愿意原谅她，不相信这是真的，希望还能从她口中听到一句动听的话，以及——随你怎么想吧。

这期间宾客到齐了。F男爵穿着弗朗茨一世[①]加冕时的全套礼服，宫廷顾问R，在这里按照官衔而被称呼为冯·R先生，带着他那位耳聋的夫人，别忘了还有衣着寒酸的J，穿着古法兰肯式的礼服补缀着时兴花色的补丁，真是众宾云集。我跟几位相识的人交谈，他们全都言简意赅。我以为是……不过我的心都放在B小姐身上，因而没察觉到大厅角落有几个女人交头接耳，她们的窃窃私语传到男士那里，然后冯·S夫人去找伯爵谈话（这些都是B小姐后来告诉我的），最后伯爵朝我迈步走来，将我带到窗边。"你明了我们这里的阶级关系，"他说，"我发觉宾客不乐意见到你也在场，我本人绝对无意……""阁下，"我打断他的话，"请您千万见谅，我应该早就想到了，我知道您会原谅我中途告退，我早就想要告辞，只是有个恶魔把我留下来了。"我微笑着鞠了个躬。伯爵握紧我的手，想要表达他难言的苦衷。我悄悄退出这个高尚的聚会，离开伯爵官邸，坐上一辆轻便的双轮马车前往M地，在那边的山丘上一边欣赏日落，一边阅读荷马，吟咏奥德修斯受到忠实养猪人热情款待的动人篇章。一切都很美好。

晚上我回到旅店，小餐厅里只剩下几个人聚在角落里掷骰子，还把桌布掀了起来。然后老实的阿德林进来了，他脱下帽子看着我，走过来轻声说："你怄气了吗？"

"我？"我说。

"伯爵叫你离开聚会。"

---

① 弗朗茨一世（Franz der Erste，1708—1765），"德意志民族神圣罗马帝国"的皇帝。

"他们见鬼吧！"我说，"我宁愿到外面去呼吸新鲜空气。"

"这样就好，"他说，"你能不在意就好。只是这件事已经传遍大街小巷，我听了都觉得生气。"我这时才开始恼火起来。所有进来用餐，并看我一眼的人，会让我认为他们是因为这件事而故意看我的！真令我火冒三丈。

今天不论我到哪里，都有人过来对我表示遗憾，听说忌妒我的人现在正扬扬得意，还说："看吧，这就是妄自尊大者的下场，他们自认比别人聪明一点，就可以不顾所有阶级之间的尊卑。"这种混账话还有很多。

真恨不得拿把刀捅入自己的心脏，他们爱说什么，就由他们去说，如果有无赖评论他们，还在言论上占了上风，我倒想看看他们能否忍受得了，如果他们的闲话毫无根据，啊，倒也不必放在心上。

三月十六日

每件事都叫我恼火。今天在林荫大道遇到 B 小姐，我忍不住去跟她攀谈，等到我们与人群远了点，我便告诉她，她昨晚的态度伤了我的心。

"哦，维特，"她恳切地说，"你了解我的为人，怎么竟还会误解我的不知所措呢？从我踏进大厅的那一刻起，我就因为你的缘故而备受煎熬！我预料到后来发生的一切，多少次想告诉您，话在嘴边却始终说不出口。我知道 S 与 T 夫人和她们的丈夫宁可离开，也不愿跟您待在一起，我也知道伯爵不能得罪他们，如今却惹出这风波！"

"发生了什么事，小姐？"我问，同时隐藏住我的惊骇。阿德林昨天跟我说的每句话，此刻像沸水流遍我的血管。

"我受了多少委屈啊！"这位可人儿双眸噙着泪水说。

我无法再控制自己，几乎要扑倒在她的脚下。

"请你解释发生了什么事吧！"我喊道。泪珠沿着她的脸颊淌下。我激动难耐，她也不想掩饰，用手帕擦干泪水。

"你认识我的姑妈，"她开始说，"她当时也在场，而且——噢，她用怎样的眼光看着整件事啊！维特，我好不容易熬过昨晚，今天一早又因为与你来往而遭她训斥一顿，不得不听她贬斥、辱骂你，仅能稍微替你说一两句辩解的话而已。"

　　她说的每个字都像一把利剑刺穿了我的心。她没有发觉，如果不告诉我这些，那会是多大的慈悲。然而她又告诉我人家在散播着什么样的流言，什么样的人为此沾沾自喜。有些人早就指责我傲慢又瞧不起人，如今见我受到惩罚，他们一定会幸灾乐祸。

　　威廉，听她用最真诚的同情语调说出这一切，我的肺都快气炸了，而且至今还怒火中烧。真希望有人敢当面挑衅我，让我可以拿剑刺穿他的身体。我见到血，心里也许会好过些。

　　啊，我有上百次抓起刀子，想给这颗压迫得快窒息的心透透气。听说有种高贵品种的骏马，在奔跑过度全身发热时，会出于本能咬断自己的一根血管，让自己呼吸顺畅。我也常常有同样的感觉，想割开一根血管，让自己获得永远的自由。

三月二十四日

　　我向宫廷递上了辞呈，希望会获得批准，我未先征求你们的同意，你们应当会原谅我吧。我非离开不可，你们会说什么话劝我留下，我都知道，因此——请将这件事委婉地转告我母亲，我自顾不暇，倘若我无法助她一臂之力，只好请她多容忍。这个消息一定会伤了她的心。她儿子正朝着枢密大臣与公使的大好前途迈进，如今却"悬崖勒马"，还跟马儿一起退回马厩里！随你们怎么看，或设想任何可以让我留下来且应当留下来的情况。总之，我要走了，为了让你们知道我往何处去，在此跟你略提一下，这里有位侯爵，他乐意有我作陪。听说我打算离开此地，他就请我跟他一同前往他的庄园，在那儿度过美好的春天。他保证我可以完全自己做主，由于我们彼此之间有些共识，所以我愿意冒险碰碰运气，准备跟他一起走。

短简音讯　四月十九日

谢谢你的两封来信。我没回复，因为我打算等宫廷批准我的辞呈后动笔。我担心我母亲会去找部长求情，破坏我的计划。现在木已成舟，我的辞呈已经被批准了。我无意告诉你们，他们多么不愿意解聘我，部长又写了什么样的信给我，免得你们又会开始惋惜。皇太子送来二十五枚杜卡盾①，所附的临别赠言令我感动不已。日前我曾在信上要求母亲寄钱给我，现在已经不需要了。

---

① 杜卡盾，德国古金币。

五月五日

　　明天我将启程，由于途经之地距离我的故乡仅六英里，所以也想故地重游，再回忆那幸福如梦境的日子。我要再走过那座城门，父亲过世后，母亲带着我从那座城门出发，离开了那可亲可爱的地方，把自己关在不堪忍受的城市里。再会，威廉，你会听到我的途中见闻的。

五月九日

　　我怀着朝圣者的虔敬之心，完成了返乡朝圣之旅，而且还产生了好些意想不到的感触。

　　在那株距离 S 城十五分钟路程的高大菩提树旁，我叫马车停下，下了车后指示车夫先走，我想要步行，想要唤起对往事的回忆，好尽情重温。如今我再度站在菩提树下，年幼时，这里是我散步的目的和终点。但现在和以前多么不同啊！那时的我懵懂无知又幸福，对未知世界充满渴望，希望它能以丰盛养料滋养我的心灵，充实并满足我努力向上与满怀渴求的心胸。如今我从广大的世界回来了——哦，我亲爱的朋友，多少希望破灭了啊，多少计划受挫了！我看着横亘在眼前的山脉，它曾是我千百次向往的对象。我可以在这里坐上好几个钟头，悠然神往，陶醉在迷蒙的森林与河谷里。每当到了不得不回去的时刻，我是多不情愿离开这个可爱地方啊！

　　我离城越来越近，亲切问候所有熟悉的旧庭园，新盖的房屋等所有人为变动之处都引起我的反感。一踏进城门，我即刻完全成为从前的我了。亲爱的，我不想详述细节，一切吸引我的事物，一经描述就显得单调乏味。我决定在紧邻旧居的市集广场上投宿。一路走去，我发现以前那位正直老太太管教我们的小学堂变成了杂货店。我还记得在这栋破屋里忍受的不安、泪水、沉闷与恐惧。每一步，无不触动我的思绪。就算一位朝圣者在圣地，也不会遇到那么多可以引发虔诚回忆的圣迹，他的灵魂恐怕也无法负载那么多神圣的激情。

再提一桩回忆吧。

我沿着河岸往下走，一直走到一座庭院。这也是我孩童时常走的路，我们这些小男孩爱在这里用薄石片打水漂。我鲜明地回忆起，我有时候站在这里目送流水，怀着奇妙预感追随水的流向，把河水流经之地想象得惊险刺激，如此很快就抵达想象力的极限。尽管如此，还是继续向前，一直向前，直到完全迷失在看不见的远方。

你看啊，亲爱的朋友，贤明祖先的生活也是如此闭塞，但又如此安乐！他们的情感、诗歌是多么纯真！当奥德修斯谈起海洋深不可测与大地无边无际时，是多么真实、合乎人性、深刻、亲密与神秘。如果我现在跟每个学童一起依样画葫芦地说地球是圆的，于我有何益？人类只需要一小块土地就能安居乐业，若在地底下安息，所需要的土地就更少了。

现在我在侯爵的猎庄里。与这位绅士一起生活还算很惬意。他真诚又纯朴，但他周围有些怪人，让我捉摸不定。他们似乎不是无赖，却又没有正派人士的模样，有时候又很诚恳，但我依然无法信赖他们。更令我遗憾的是，侯爵常常讲些仅是书上读到与道听途说的事情，而且还人云亦云。

伯爵赏识我的智慧与才能，却不太了解我的心，而这颗心却是我唯一的骄傲，只有它才是一切的泉源，一切力量、一切喜乐与不幸的泉源。啊，我拥有的知识人人都能拥有，只有我的心才是唯我独有。

五月二十五日

　　我脑袋里曾有个念头，在付诸行动前本来不想告诉你们。现在既然不会有结果，跟你说也无妨。我本想上战场，这念头搁在我心里已经很久了。也特别是为了这个目的，我才追随侯爵来此，因他是驻防某地的将军。有次散步时，我跟他透露了我的意图，他劝我打消念头，但又说我若是真的有热忱，而不是一时心血来潮，可以对他的规劝充耳不闻。

六月十一日

随你怎么说，我不想留在这个地方了。留在这里有何益？真是度日如年啊。侯爵尽其所能款待我，然而我就是觉得格格不入。基本上我们之间没有共同点。他是个理性的人，不过思想十分平庸，与他交流还不如去阅读一本书来得更有趣味。再待八天，我就要去流浪了。我在此地最大的收益是绘画。侯爵对艺术的感受力很强，若不是被讨厌的科学概念与平庸的专业术语牵制，他会领略得更深刻些。每当我以丰富的想象力引导他欣赏大自然与艺术的时候，他会突然插进一句艺术行话来，还以为引用得很恰当，这常常令我恨得咬牙切齿。

六月十六日

　　没错，我不过是位流浪者，一位尘世间的匆匆过客！难道你们不是吗？

六月十八日

　　我要去哪里？私下透露给你吧。我还是得在这里多待十四天，接下来就蒙骗自己要去参访某地的矿山。我参观矿山是个由头，只想再接近绿蒂，如此而已。我嘲笑自己这颗心——就依它的意思来行事吧。

七月二十九日

不，这很好！一切都好得无以复加！我——她的丈夫！哦，上帝啊，你创造了我，若你能赐予我这份幸福，我定会终其一生祈祷感谢你。我不想争论，但请宽恕我的泪水，宽恕我徒劳的愿望吧！但愿她是我的妻子！如果我能将这位天底下最可爱的人儿拥入怀中……！

一想到阿尔伯特搂着她苗条的身躯，威廉，我就浑身战栗。

我可以这样说吗？为什么不可以呢，威廉？她嫁给我会比嫁给他幸福得多！噢，他不能满足她所有的愿望。他的感受力不足，有缺陷……随你怎么说吧。噢，在读一本心爱的书时，我跟绿蒂的心会对某一段落产生共鸣，他的心却不会有同感。曾经有上百次，我和绿蒂对第三者的行为产生同样强烈的感受，他却没有同感。亲爱的威廉！即使他确实全心全意爱着她，但这样的爱情配不上她！

有个讨厌的人来打扰我。我的泪水干了，思绪乱了。再会，亲爱的好友！

八月四日

　　不只是我如此，所有人皆会被希望迷惑，被期待蒙骗。我去探望菩提树下那位善良妇人。她的大儿子向我跑来，兴奋的喊叫声引来他的母亲，她看起来像是遭逢过巨大打击。她说的第一句话是："好心的先生，啊，我的汉斯死了！"她说的是她的幼子。我静默不语。"我丈夫，"她说，"从瑞士回来了，什么也没带回来，如果没有好心人帮忙的话就得沿路乞讨回家，路上还染了热病。"我不能对她说什么，只给了小孩一些钱。她请我拿些苹果，我收下了，然后离开这个抹上哀伤回忆的地方。

八月二十一日

手掌翻转之间，我的心情完全变了。有时生命中的欢乐会再次朦胧地出现在眼前，唉，可惜转瞬即逝！

当我沉溺在梦幻中，就不禁会想：假如阿尔伯特去世了会如何？你就会成为……是的，她也会成为……然后我追着妄想跑，直到它把我带到深渊前，令我惊骇得倒退三步。

我走出城门，走上我第一次搭马车接绿蒂去舞会的那条路，那里却面目全非！一切都已消逝！昔日光景不复存在，当时的情感消失无踪。我的心情好比——一位侯爵在生前鼎盛时建造了一座宫殿，内部陈设极尽豪华，临终时满怀希望地把宫殿传给爱子，而今侯爵的幽灵回到宫殿，却见到宫殿焚毁，徒留废墟。

九月三日

　　我只爱她一个人，爱得如此专一、诚挚、热烈，除了她我一概不知，一概不晓，也一概不要！为何还有另一个人也能爱她，可以爱她？我有时真的无法理解。

九月四日

　　没错，正是如此。正如自然界秋 意渐浓，我的内心与周遭一切也变成了秋天。我的叶子变黄，邻近树木的叶子就飘落了。我初来此地时，不是有跟你提过一位农家小伙子吗？这次我又在瓦尔海姆打听他的消息。据说他被雇主撵走了，此外就没人再说些什么了。我昨天在前往另一个村庄的路上遇到他，我和他聊了几句，他告诉我他的故事，令我感触良多，如果我转述给你听，你很容易就会明白。然而，说这些有什么意思呢？为什么不把伤心害怕的事保留给自己呢？为什么还要拿来让你难过呢？为什么我总给你机会怜悯与谴责我呢？除非这也是我的命中注定！

　　这个青年面露沉静的哀伤，似乎还带着些许羞怯，勉强回答我的问话。当他忽然认出我来，立刻坦率地承认自己犯的错，悲叹自己遭遇的不幸。我的朋友，如果我能写下他说的每个字让你裁决就好了！没错，他回忆往事时心情满是快乐与幸福，他坦承他对女主人的热情与日俱增，最后简直不知道自己在做什么——他自己如此形容——不知道该想什么。他既不能吃，不能喝也不能睡，好像有东西如鲠在喉。他做了不该做的事，却忘了吩咐他做的事，好像被恶灵缠上了。直到有一天，他知道女主正在阁楼里，就上去找她，嗯，更确切说是被她吸引过去。她对他的恳求不理不睬，他就想以暴力令她屈服。他不晓得自己是怎么回事，他请上帝做证，他对她的爱恋始终正大光明，最渴望的莫过于她能与自己成婚，与他共度一生。他说了好一阵子，然后开始结巴起来，就好像还有话要说，却没有勇气说出口。终于他羞怯地跟我供称，她容许他做些亲昵举动，允许他跟她亲近。谈话中他停顿了两三次，然后再三地激烈辩白，他说这些不是要败坏她的名声——他正是如此措辞——他仍然像以前一样敬爱她。他以前从未说过这样的话，之所以告诉我，只是要让我相信，他并非完全不明就里，也不是个疯子。

信写至此，我的挚友，我又要开始老调重弹了：要是能让你想象得出来，这个人当时是如何站在我面前，现在他的模样又是如何浮现在我脑海，该有多好！我恨不得能把一切原原本本告诉你，使你感受到，我是如何同情他的命运，我必定同情他的命运！但是够了，你知道我的命运，你也了解我，想必明白我为什么会关心所有不幸的人，尤其会被这个不幸的人吸引。

我从头读了一遍这封信，发现忘了讲故事的结尾，不过这不难猜想到。她拒绝了他，她的弟弟也来干预，这位早已对他怀恨在心，早就希望能把他赶出去，因为目前她膝下无子女，他担心姐姐再婚，会使得自己的子女无法继承她的家产。她弟弟马上把他撵出家门，把这件事情弄得沸沸扬扬，即使这位寡妇愿意，也不可能再雇用他。现在她另雇了一位长工，为了他，她又跟她弟弟闹翻了，人们斩钉截铁地断言她一定会嫁给这位年轻人，不过她弟弟下定决心，决不让此事发生。

我跟你讲的事并不夸张，也没有添枝加叶，是的，我认为我讲得太差了，因为我使用了循规蹈矩的通俗字眼，讲述得太粗略了。

可见这样的爱情，这样的忠诚，这样的热情，并非是文学虚构的。它有生命，在我们称之为未受教育、粗野阶级的人身上，能看见它最纯粹的样貌。我们这些受过教育的人，反倒被教成了废物！我请求你怀着虔敬之心看待这个故事。今天写这封信时，我的心情很平静，你看我的字迹既不像往常一般潦草，也没有胡乱涂改。读吧，我亲爱的朋友，同时想着这也是你朋友的故事。没错，这也是我的经历，我将遭逢的命运，同他的相似，与这位不幸的可怜人相比，我还没他一半勇敢、一半坚决，我完全不敢与他相提并论。

九月五日

　　丈夫因事滞留在乡下，绿蒂写了张短笺，开头说："最好的最亲爱的人，尽快回来吧，我怀着无尽喜悦期待你归来。"正巧一位友人进来，转达他因故还不能即刻返家的消息。这张短笺就留在桌上，今晚落入我的手中。我读了它，然后泛起了微笑，她问我在笑什么。"想象力真是上帝的恩赐啊！"我大声说，"有一瞬间，我还佯骗自己这是写给我的。"她不说话了，她似乎不开心，于是我沉默不语。

九月六日

　　我好不容易才下定决心，换掉那件样式简单的蓝色燕尾服，即我与绿蒂第一次跳舞时穿的那件，它毕竟太旧了。我又定做了一套新的，跟之前那件一模一样，领子与袖口也相同，同样做了黄色背心与长裤来搭配。总觉得不如旧的那件好。我说不上来，也许过些时候会渐渐喜欢它吧。

九月十二日

为了去接阿尔伯特，绿蒂出了好几天门。今天我踏进她的房间，她迎上前来，我满怀欣喜地吻了她的手。

一只金丝雀从镜台上飞来，落在她肩上。“我带来一位新朋友，”她说，逗它跳到她的手上，“打算送给我弟妹。它真是可爱极了！你看看它，我喂它面包，它就拍拍翅膀，乖巧地啄食。它也会吻我，你瞧！”

她向小鸟噘起嘴，小鸟很亲热地将小喙伸进她两片蜜唇间，似乎真能体会到它享受的至福。

“它也该亲亲你。”她说着把鸟儿送过来。小喙儿从她的嘴移到我的嘴上，那轻啄的碰触带来她的一缕气息，令我有一种温存的感受。

“它的吻，”我说，“并非无欲无求，它在找食物，空虚的爱抚不能令它满意，它缩回去啦。”

“它也会从我的嘴里吃东西呢。”她说。她用嘴唇喂它几粒面包屑，唇角挂着喜悦的微笑，洋溢出无邪的疼爱。

我把头转向别处。她不该做出这种姿势来，不该用天真无邪与极乐的画面来刺激我的想象力，不该把我的心从沉睡中唤醒，我那颗有时认为人生已毫无意义的心！为什么不应该呢？她是如此信赖我！她知道，我是多么爱她！

九月十五日

威廉，真的快气疯了，世上珍贵之物已寥寥无几，竟然还有人不知道珍惜。你记得某座圣人教堂牧师家的胡桃树吧，我和绿蒂曾跟那位可敬的牧师一起坐在树荫下乘凉，上天做证，那些漂亮的胡桃树总是能让我的心灵充满至喜！它们把牧师家的庭院装点得多么可亲，多么凉爽！枝丫又是多么美丽！还蕴藏许多对栽种这些树的可敬神职人员的回忆。当地的小学教师屡屡跟我们提起一个名字，他是从祖父口中听来的。据说这是位贤明的人，每当在树下怀念起他，大家总是油然升起神圣的感受。我跟你说，昨天那位小学教师眼睛里泛着泪水，告诉我们树被砍掉了。

被砍掉了！我真的快疯了，恨不得杀了砍下第一斧的混账。如果我的庭院里有几棵这样的大树，而我不得不看着其中一棵因年老而枯死，我一定会悲痛不已。亲爱的，幸亏还有件事令人欣慰，那就是人类还是有情感的！全村的人愤愤不平，我希望牧师太太会从牛油、鸡蛋及其他供品的数量中，感受到她伤害了当地人的情感。因为祸首就是她，新任牧师的太太（我们的老牧师去世了），一位骨瘦如柴、体弱多病的妇人，对世人漠不关心，因此也无人关心她。她是一位愚妇，却装作学识丰富，不仅钻研宗教经典，还热衷推广新流行的基督教道德批判的改革运动，鄙视拉瓦特的狂热。她的健康状态极差，也因此在上帝的土地上尝不到欢乐。也唯有这样的怪物，才有可能砍掉我心爱的胡桃树。你看，我完全无法平息怒气！你想象一下吧：她说落叶弄脏了她的庭院，让空气中飘散着霉味，树木挡住了她的光线，胡桃成熟的时候，小男孩还会拿石头打胡桃，这大大刺激了她的神经，如果她正在衡量肯尼科特①、塞姆勒②、米迦勒③等人的学说，比较他们之间何优何劣，这些就会干扰她做深入思考。

我看到村里的人，尤其是年长的人，都对这件事非常不满，我便问他们："为什么你们要忍受这样的事？""在我们这个地方，如果村长同意了，"他们说，"我们还能有什么办法？"倒是后来的事还算有点公道：牧师太太的古怪想法从未能给牧师带来什么好处，他这回想捞一点油水，于是就想跟村长平分其中的利益。当地的财务局得知此事，就请他们前去商谈。因为财务局刚好对长着这两棵树的牧师庭院拥有土地所有权，财务局就把砍下的树卖给出价最高的买主。它们被砍倒了！哦，要是我是治理当地的侯爵，我会把牧师太太、村长与财政局都……侯爵！是啊，如果我是侯爵，还会为我领地上的树木操心吗！

① 肯尼科特（Benjamin Kennikot，1718—1783），英国神学家。
② 塞姆勒（Johann Salomo Semler，1725—1791），德国新教神学家。
③ 米迦勒（Johann David Michaelis，1717—1791），德国神学家和东方学家。

十月十日

只要看到绿蒂的那双黑眼珠，我就会很愉快！看吧，我烦恼的是，阿尔伯特看起来不是那么快乐，不如他……所愿……也不如我……所认为的那么快乐……如果……我不是很喜欢用省略号，不过在这里，我无法用其他方式表达……我觉得这样已经够清楚了。

十月十二日

　　莪相挤掉荷马在我心中的地位。他这位崇高的诗人，带我进入了何等美妙的世界啊！我徘徊在旷野，狂风在四周呼啸不止，蒸腾烟雾中，看见祖先的幽灵在朦胧月光下随风飘荡。我听见山岭传来洞窟中幽灵们的呻吟，逸散于风中，又夹杂在林间溪流的咆哮声里，还听到少女悲恸欲绝的哀号，她伏在一位战亡勇士的坟上，他是她的情人，四块墓石已爬满苔藓，被杂草掩埋。我看见白发的流浪诗人在茫茫旷野上寻找祖先的踪迹，唉，却只找到他们的墓碑，于是他悲伤地凝视远方美好的星辰，看它沉入滚滚大海，往昔的岁月栩栩如生地在这位英雄心头再现，在那时，星光曾亲切地指引身陷危境的勇士，明月也曾照亮他们悬挂花环、凯旋的战船。我从他额上读出深深的愁绪，看这残存的最后一位英雄精疲力竭、踉踉跄跄地朝坟墓走去，一再面对逝者暗淡的黑影，吸取崭新又夹带剧痛的欢愉，然后俯视冰冷的土地和随风摇摆的巍巍劲草，他喊道："流浪的人会来的，会来的，他认识我时，我正年轻俊美，他会问：'那位歌手在哪里，芬迦尔①出色的儿子在哪里？'他的脚步踩过我的坟墓，徒然在世间打听我的消息。"

---

① 芬迦尔（Fingal）相传为苏格兰国王，莪相是他的儿子。

　　哦，朋友啊！我愿像一位高贵的战士拔出利剑，一剑解救这位君王，让他不再受生命缓缓坏死的折磨，之后也让我的灵魂追随这位解脱的半神而去。

十月十九日

啊，这个缺口！我在胸膛里感觉到一个可怕的缺口！我常常想，只要有一次，只要有一次能把绿蒂压在这颗心上，这个缺口就会完全填满了。

十月二十六日

是的，我确信了一件事，我确信而且越加确信一个人的生命是多么无关紧要，甚至是微不足道。有位女性朋友来找绿蒂，我便退到隔壁房间，取了一本书，读不下去，于是拿起笔写点东西。我听到她们在轻声交谈，尽是些无关紧要的琐碎事情和城里的一些新闻，无外乎谁结婚了，谁生病了，而且病得很重。

"她在干咳，颧骨都凸出来了，还昏厥了好几次。她的性命，我一文钱都不赌。"那位女朋友这么说。

"某某先生也是病得很厉害。"绿蒂道。

"他已经全身浮肿了。"另一位也说。

我生动的想象力把我移到这两位可怜人的床边，看他们多么不情愿地与生命告别，他们……威廉！这两位女士谈论这件事，就好像大家在谈论……某个陌生人要死了一样。我环顾四周，仔细瞧瞧这房间，周围摆着绿蒂的衣裳与阿尔伯特的手稿，以及我十分熟悉的家具，甚至也包括了这只墨水瓶，我不免心想：瞧，你在这一家人心目中有多重要！一切皆适得其所。你的朋友敬重你！你常常带给他们欢乐，你也觉得不能没有他们，然而——假如你现在走了呢？假如你离开这个圈子呢？他们会因为失去你，而感到生命被扯出个空缺吗？这种感觉会持续多久呢？

噢，人生如此短暂，就算是他肯定自己确实存在，但在人们的怀念中，在他亲爱的人们心里，他留下的唯一真实印象也会熄灭，也会消失，而且是那么迅速！

十月二十七日

　　我常常想撕裂我的胸膛，撞破我的脑袋，因为人很少有东西可以彼此分享。啊，爱情、快乐、温暖、狂喜，这些我不能带给人的，别人也不会给我，即使我怀抱满心的喜悦，也不能让冷淡无力地站在我面前的人快乐起来。

十月二十七日傍晚

我拥有那么多，然而对她的感情却吞噬了一切；我拥有那么多，然而没有她，我便一无所有。

十月三十日

　　我上百次冲动得想去搂住她的脖子！看见这么可爱的人儿不断出现在眼前，却无法伸手去攫取，伟大的上帝一定知道这是什么滋味。伸手攫取是人类最自然的欲望。小孩子见到中意的东西，不是会伸手去抓吗？那么我呢？

十一月三日

上帝明了我的心！上床前我屡屡许下心愿，希望自己不要再醒过来，因此当早晨我睁开眼睛，再度看见太阳，内心是多么愁苦啊！哦，如果我情绪反复无常，可能会怪罪于天气，归咎于第三者，责怪一件事情没有成功，这样一来，愤愤难平的心理重担就只有一半落在我身上。但是我真的好难过！我真切感受到，一切过错都在于我自己。不，不是过错！总之，一切幸福的源头曾藏在我心中，如今却变成不幸的泉源。

以前的我在丰富的情感中飘然游荡，踏的每一步都是天堂，我的心中充满了爱，想要拥抱全世界。如今的我还是原来的那个人吗？如今这颗心死了，心中不再涌现欣喜之情了，我的眼睛干枯了，再没有泪水滋润我的感官了，眉头更是不安地紧蹙起来。我很苦恼，因为我失去了生命里唯一的乐趣，我借以创造世界的神圣、振奋的力量，消失了！

当我从窗户向外眺望远方的山丘，晨曦穿透山丘的雾霭，照向寂静的草地，从叶片凋零的杨柳间，蜿蜒的河水缓缓朝我流来，——噢！这壮丽的自然景色像幅涂上漆的小画，僵硬地竖立在我面前，一切喜乐景象皆无法使一滴幸福感从我心里汲出，灌入脑袋。我站在上帝面前，像是一口枯竭的石井、一只裂开的水桶。因此我屡屡扑倒在地，向上帝祈求赐我眼泪，就像农夫站在铁色的晴天下，四周尽是干裂的土地，祈求上帝降下雨水。

　　但是，啊，上帝不会因为我们的热烈祈求而赐予阳光雨水。那些饱受折磨的时光回忆起来之所以如此幸福，是因为我耐心等候圣灵的降临，全心全意真诚感激，领受他灌注给我的狂喜。

十一月八日

她责备我不知节制！啊，她的态度多么迷人！我有时喝了一杯酒之后，就索性灌下一整瓶。"你别喝这么多！"她说，"想想绿蒂吧！""想你！"我说，"这还需要你来吩咐我吗？我想你！我不用想！你始终在我心中。今天我就坐在离你下马车最近的角落。"她转移了话题，不让我继续深入。挚友啊，我完了！她可以随心所欲摆布我了。

十一月十五日

谢谢你，威廉，感谢你真挚的关心与好心劝告，但请你安心。让我继续承受下去吧，我虽身心俱疲，但还有足够的力量可以坚持到底。我尊重宗教，这你知道，我觉得宗教是疲惫者的手杖，虚弱者的提神剂。只是——宗教对每个人都有作用吗？如果你放眼广大世界便会发现，有许许多多的人，宗教从不曾在他们身上起作用，未来也不会在他们身上起作用，无论他们是否听过布道。那么，宗教对我一定会有用吗？上帝之子不是也曾说，只有天父给他的人才会守在他周围？倘若我不是交给他的人呢？如果像我心中所想，天父是想留我在他身边呢？

请别曲解我的话，别在这些无辜字眼里看见什么嘲讽意味，我呈现我整副灵魂给你，若你误解了我，我宁可保持缄默。对于他人不明了的事情，我不愿意多透露一个字。人类的命运不就是受尽磨难，饮干杯中苦酒吗？甚至连上帝化作肉身来饮这杯酒，都会觉得太苦涩，那我为何要自欺欺人，硬说酒是甘美的呢？我的生命在存活与消逝之间颤抖，过往似一道闪电照亮未来黑暗的深渊，周遭一切都在往下沉没，世界也随我一同毁灭，在这可怕的瞬间，我为何要感到羞耻？耶稣被逼进绝境，因缺乏力量而不停下坠，他徒然挣扎，在内心深处咬牙切齿喊道："我的上帝！我的上帝！为什么要离弃我？①"能将天像一块布卷起的人子②，都无法避免这软弱的瞬间，那么我为什么要感到羞耻，感到害怕呢？

---

① 耶稣被钉上十字架时讲的话。
② 人子，指耶稣。

十一月二十一日

绿蒂没有看出，也没有感觉到，她正在调制一剂毒药，这会让我和她一起毁掉。她递来这杯毁灭我的毒药，我满心狂喜地一饮而尽。那怜悯的眼神，她常常用来看我的眼神是什么意思？常常？不，并非常常，不过有时候她会温柔地看着我，当我自然流露情感，她便以和悦的态度接受，还有我在忍受痛苦时，她额头上便显露出同情——这些表示有何用呢？

昨天我临走时，绿蒂与我握手说："再会，亲爱的维特！"亲爱的维特！她头一次唤我亲爱的，这字眼令我刻骨铭心。我重复了几百回，昨夜上床睡觉时还自言自语了好一阵子，最后突然脱口而出："晚安，亲爱的维特！"说完，我忍不住取笑自己。

十一月二十二日

　　我无法这么祈祷："让我放弃她吧！"然而，我却时常觉得绿蒂是属于我的。我也不能这么祈祷："把她赐给我吧！"因为她是属于另一个人的。我一再嘲弄自己的痛苦，如果我放任自己松懈下来，就会冒出一连串这样的祈祷来。

十一月二十四日

她感到我在忍受痛苦。今天，她的目光深深看透我的心。我见到她独自一人，我没开口说话，她注视着我。在她身上，我看不到迷人的美貌，看不到非凡的神采，这一切全在我眼前消失了。她用一个远比往常动人的眼神看着我，充满着真诚的关切与最甜蜜的同情。

我为什么不能跪倒在她脚下？我为什么不能在她脖子上印千百个热吻来回报她呢？她逃到钢琴前，用甜美的嗓音轻声呵唱着和谐的曲调。我从未看到她的唇如此媚人，她好似干渴地张开双唇，吸吮从钢琴里涌出的甜美声响，然后从纯洁的口中发出奇妙的回音。是啊，假使我能描述得更淋漓尽致，该有多好！我不再抵抗，并且低头发誓："唇啊，我永远不敢对你们印上一个吻，因为有天上的精灵在你们上方盘旋。"可是……我想要……哈！你瞧，就像有一道屏障挡在我的灵魂前……享受这份极乐……然后以死赎罪——这是罪过吗？

十一月二十六日

　　我有时告诉自己：你的命运是独一无二的，赞美他人的幸福吧！从未有人像我这样受苦过。后来我读到古代一位诗人①的作品，觉得好似看进自己的心坎里。我得受多少苦啊！唉，难道在我之前已经有人同样悲惨了吗？

---

① 指荻相。

十一月三十日

我无法，无法再恢复冷静了！无论走到哪里，都会遇到令我发狂的景象。比如今天！呵，命运呀！呵，人呀！

正午时分，我没有用餐的兴致，于是沿着河边走。四野一片荒凉，山上刮来一阵湿冷的西风，灰蒙蒙的雨云飘进山谷。远远看见一个穿着绿色破旧外套的人在岩石间攀爬，似乎在寻找野花。我靠近他，弄出的声响让他转过身来，我看见一张有趣的脸，脸上流露出沉静的哀伤，除此之外还有坦率与善良。他的黑发用发针夹成两束，其余的则编成一条粗辫子垂在背后。我从他的衣着猜测他身份卑微，所以如果我关注他在忙的事情，他应该不会见怪，因此我就问他在寻找什么。

"我在找花，"他深深叹了一口气回答，"但是一朵也没找到。"

"现在不是开花的季节啊。"我微笑着说。

"这季节有很多花，"他朝我走下来说，"我的花园里有玫瑰与两个品种的忍冬，其中一种是我爸爸给我的，长得跟野草一样茂盛。我已经找它两天了，却都没有找到。野外也一直有花，黄的、蓝的、红的，矢车菊会开一种漂亮的小花，但我一朵也找不到。"

我觉得有些蹊跷，因而迂回地问他："要拿这些花做什么呢？"

他露出一抹奇特的微笑，抽搐的肌肉把他的脸拉成古怪的模样。"你不要泄露我的秘密，"他把一根食指按在嘴上说，"我答应要送我的宝贝一束花。"

"这很好啊。"我说。

"哦！"他说，"她拥有很多别的东西，她很富有。"

"可是，她就是喜欢你扎的花束。"我回答道。

"哦！"他继续说，"她有许多珠宝，还有一顶皇冠。"

"她叫什么名字？"

"假使当初联省共和国①愿意雇我，"他回答道，"我现在的身份就不同了！没错，从前我过得多愉快啊！如今我完了。我现在……"他泪汪汪地望向天空，眼神道尽了一切。

"你以前很快乐？"我问。

"啊，我巴不得再过从前的日子！"他说，"那时候我多么幸福，多么快活，像条水中鱼一样轻松愉快！"

"海因里希！"一位老妇从路上走过来喊道，"海因里希，你躲到哪里去了？我们到处找你，回家吃饭！"

"他是你的儿子吗？"我走向她问道。

"没错，是我可怜的儿子！"她答道，"上帝给我背了一个沉重的十字架。"

"他这个样子有多久了？"我问。

"这样平静已经有半年了，"她说，"感谢上帝让他保持现状，之前他整整发狂了一年，被链条绑着躺在精神病院里。现在他不会给人惹麻烦，只会幻想和国王与皇帝打交道。他原本是个安静善良的人，帮我养家糊口，还会写一手漂亮的字，然后突然变得闷闷不乐，害了

---

① 联省共和国（die Generalstaaten），今荷兰，当时在德国人心目中是最富有的国家。

场严重的热病，结果就疯了，就是你现在看到的样子。如果我跟你说，先生……"

我打断她滔滔不绝的话，问道："他大力称赞的那段令他快乐幸福的日子，是在什么时候？"

"这个傻瓜！"她带着怜悯的微笑喊道，"他是指发狂的那段日子，他老是在夸耀，他那时待在精神病院里，完全神志不清！"

这段话于我犹如晴天霹雳，我塞了一枚钱币到妇人手中，急急忙忙离去。

"你那时多么快活啊！"我大喊，快步朝城里走去，"你那时像水中鱼般自在！天上的上帝啊！你为人类安排这样的命运，在他们理智未开和丧失理智的时候才觉得幸福！可怜的人啊！但我也羡慕你的忧郁、让你憔悴的精神失常！你充满希望地出门，要替你的女王采花——在冬季里——你因为摘不到一朵花而伤心，还不明白为何找不到。而我，不抱希望、漫无目地出门，随后又像来时一样返家。你幻想着若是联合省愿意雇用你，你就会成为出色的人物。你真是有福的人啊，你得不到幸福，便归咎于世间的阻碍！可是你感觉不到！你感觉不到你之所以不幸，是因为你破碎的心与错乱的脑袋，世间所有的国王都帮不了你。"

有个病人前往远方的温泉治病，之后病情反倒加重了，余生遭受着疼痛更剧烈的折磨。嘲笑他的人真该死！一个内心困惑不安的人为了摆脱良知的谴责，并减轻精神上的痛苦，他前往圣地朝圣。鄙视他的人也不得善终！他走在未开辟的道路上，脚板因此磨破。他每踏一步，都像在他忐忑不安的心上滴上一滴舒缓灵药，在这趟朝圣之旅的每一天，他的心都能放下众多苦恼。这是疯狂吗？你们这些沙发椅上的空谈家！疯狂！哦，上帝啊！你看看我的眼泪！你非但让人出生时一贫如洗，还给他加上好几名兄弟，让他们抢走他仅有的东西，抢走他对你，对你这位博爱者的一点点信任！我们之所以信任药草根，信任葡萄酒，不就是因为信任你吗？因为你在万物中放进了治愈与纾解的力量，这是我们时时刻刻都需要的。天父啊！我未谋面的天父，你原本充满我整副心灵，如今却别过脸去不再眷顾我。唤我回到你身边吧！不要再沉默了！你的缄默无法制止这个饥渴的心灵。一个儿子突然返家，抱住父亲的脖子喊道："我回来了，父亲！我提前中断了旅程，没有按照你的意思坚持下去，请你不要发怒。世界到处都是一个样，劳苦工作之后会有报酬与欢乐。不过这些于我有何用？我只有在你身边才会快乐，愿在你跟前受苦与享乐。"一个做父亲的遇到这样的情况会发怒吗？而你，亲爱的天父，你会斥逐他吗？

十二月一日

威廉！那个我在信中跟你提起过的人，那个幸运的不幸者以前是绿蒂父亲的书记，他暗恋她很久，终于不禁表白出来，因此被革职了，而这份热情也使他发了狂。你现在读这些枯燥无味的字句时也许心情很平静，就像阿尔伯特跟我讲这个故事时一样，但愿你能感受一下，我听到时是如何心烦意乱啊。

十二月四日

　　我求求你——你瞧，我完蛋了，再也忍受不下去了！我今天坐在她身旁，坐着，她在弹琴，弹出各式各样曲调，每一曲都有情！每一曲都有情！你怎么想呢？她的小妹妹坐在我的膝上玩洋娃娃。听到乐曲时，泪水涌上我的眼睛。我低下头来，却瞥见她的婚戒，我当场热泪如泉涌。当她突然弹起那首甜蜜古老的曲调，一股安慰顿时暖暖流过我的心头。我想起往事，想起听见这首曲子的时光，想起引发烦恼与种种幻灭前的晦暗时刻，而后我在房间里走来走去，心被挤迫得快要窒息了。"看在上帝的分上，"我激动地对她说，"看在上帝的分上，别弹了！"她停下来，呆瞪着我。"维特，"她泛起微笑对我说，那微笑直穿入我的灵魂，"维特，你病得很重，连你最心爱的曲子也使你反感了。你走吧！我请求你，去让自己平静下来吧。"我强迫自己离开了她。上帝啊！你看见我的不幸了，快终结我的不幸吧！

十二月六日

　　我是怎样被这姿容苦苦纠缠！不论是清醒或在睡梦中，她都占据了我的全副心神！每当我合上眼睛，她那双黑眼睛就在我的前额上，在我精神的会合处。就在这里！我无法跟你说明。我闭上眼睛，她的眼睛就在那里了，像一片汪洋大海、一道深渊，停歇在我面前，在我体内，填满了我额头里的所有感官。

　　人就算被颂扬为半神，又能如何？在最需要使力的地方，他却偏偏失去了力量；在他因快乐而振奋或是因受苦而消沉的时候，却被制止住留在原地；当他渴盼沉湎于无尽的丰盈中时，却被拉回到迟钝冷漠的意识中。人不就是这样吗？

第三巻

编辑者致读者

我多么希望尽可能收集我们这位朋友在最后日子里留下的亲笔信函，好让我不必插入描述来弥补他遗留在信件中的空缺。

我想尽办法从可能熟知他故事的人们口中搜集详情。故事很简单，除了在少数细节上有所偏差外，各种说法都大致吻合，唯有大家对当事人的内心想法各执一词，所下的评价也各有分歧。

除了忠实陈述多方努力下获知的事情外，我们别无选择，同时我们把亡者遗留下来的书信也插入其中，甚至连最小的字条也不敢忽视。这发生在不寻常的人物身上，因此想要找出单一行为背后的最真实动机，十分困难。

维特心中的愤懑与不快已越来越强烈，两种情绪越加紧密地纠缠在一起，逐渐占据他整个心灵。他精神原有的和谐被摧毁殆尽，内在的激动与暴躁搅乱他所有的天赋，从而严重伤害他，最后留给他的只有精疲力竭，他奋力想从中脱身，但比起先前跟种种不幸搏斗时的可怕，这次还令他更加害怕。内心恐惧又吞噬了他仅余的心力、机灵与洞察力，他变成一个悲伤的人，越来越不快乐，行事也因此越来越不公道。至少阿尔伯特的朋友是这么说的，他们声称维特个性纯洁、安静、享有期盼已久的幸福，至于他能否确保这份幸福，从维特的行为上无法判断，他像是个每天恣意挥霍财产的人，到了晚年就难免贫苦潦倒了。他们说，阿尔伯特在这么短的时间内并没什么改变，还是同样一个人，依旧是维特当初认识时十分看重与尊敬的人。他爱绿蒂胜过一切，以她为傲，希望每个人也都会承认她是最美好的人儿。哪怕有一瞬间，他也不愿意以最纯真无邪的方式与人分享这个珍宝，以避免引发猜疑，这难道可以责怪他吗？他们还声称，当维特在他太太身边的时候，他常常离开她的房间，既非出于对朋友的怨恨，也非出于反感，而是因为觉得自己在场会令这位朋友不安。

绿蒂的父亲生了一场重病卧床不起，他派人驾了马车去接绿蒂。那是个美丽的冬日，刚下过初雪，丰厚的白雪覆盖了整片大地。

维特在第二天早晨也跟了过去，假使阿尔伯特没来接的话，他便打算陪绿蒂回家。

明净的天气不能改善他抑郁的心情，他的心依然压抑沉闷，悲伤的情景纠缠着他，脑子里始终有痛苦的念头在打转。

他永远无法与自己和睦相处，别人的情况在他看来更加可疑和杂乱无章。他认为自己破坏了阿尔伯特与他妻子之间的美好关系，并为此自责，但其中也隐约夹杂了对绿蒂丈夫的不满。

在途中，他的思绪又回到了这个问题上。

"是啊，是啊，"他自言自语，暗暗咬牙切齿，"这就是亲密、和善、温柔、无微不至地为妻子分忧，这就是默默持久不变的忠心！不，是厌烦与漠不关心！不论哪件琐碎公务，都比这位宝贵妻子更吸引他吗？他知道要好好珍惜他的幸福吗？他知道要给她应得的尊重吗？他拥有她，嗯，好的，他拥有她。这个我知道，就像我也知道别的事，我已经习惯这个想法，这想法会把我逼疯，会杀了我的。他对我的友谊经得起考验吗？他不是已经把我对绿蒂的眷恋看成自身权利遭到侵犯了吗？把我对她的关切当成对他无声的指责了吗？我很明白他不乐意见到我，他希望我离开，我在场就让他心烦意乱。"

他多次停下急促的脚步，静静地站着，似乎想要往回走，但终究又继续前进，这些想法在脑海中盘旋，令他自言自语，他最终身不由己地抵达了猎庄。

他走进屋，询问老人与绿蒂的情况，他发现屋里的人有些不安。最大的男孩告诉他，瓦尔海姆那边发生了不幸事件，有位农夫被杀死了！但是他没把这个消息放在心上。他踏进老人的房间，看见绿蒂正竭力劝阻她父亲，因为他不顾自己有病在身，打算前往现场调查。凶手的身份目前还不清楚，死者在清晨被人发现倒在家门前，大家揣测：丧命者是一位寡妇的长工；她以前雇用过另外一名，那人心怀不满地被撵出了门。

维特听到后猛然一惊。"这有可能吗！"他喊道，"我得去那里，一刻也不能耽搁。"

他赶往瓦尔海姆，往事历历在目，毫无疑问，是那个人干的，他们交谈过几次，那个令他觉得可贵的年轻人。

要到停放尸体的酒馆去，非经过菩提树下不可，如此一来，本来十分亲切的地方就令他觉得触目惊心。那道门槛之前常常有邻居小孩在上面玩耍，如今溅满了斑斑血迹。爱情与忠贞，两种人类最美丽的情感，转变成暴力与谋杀。高大的树木光秃秃地挺立，上面抹了一层白霜，教堂墓地低矮围墙上的树篱原本多么美丽，如今叶片也落光了，白雪覆盖的墓石从缝隙间探出来。

全村的人都聚集在酒馆前，维特一面走近时，突然听见一阵叫喊，远远看见一队武装男子，每人都在喊抓到凶手了。维特一眼望去就不再怀疑。没错，就是那位深爱寡妇的年轻人，他前些日子心中暗藏着怒气与绝望四处游荡时，维特还曾遇见过他。

"不幸的人，你做了什么傻事啊！"维特一面大喊，一面朝着他走去。后者平静地看着维特，沉默不语，最后泰然自若地回答："没人能占有她，也不许她拥有任何人。"犯人被押进酒馆，维特就急忙走开了。

这可怕的强烈冲击，把维特的全部情绪震得东倒西歪，顷刻间把他从悲伤、愤慨与自暴自弃的心境中拉扯出来。他对这个人产生强烈的同情，心中涌现难以言喻的欲望，想要拯救这位青年。他觉得他十分不幸，即使犯了罪却仍然那么无辜，他是如此设身处地体会他的境况，因而确信自己也能说服其他人和他抱持同样看法。他希望能替这个人辩护，最生动有力的辩护词已涌至唇边。他急忙赶往猎庄，途中难以克制自己的激动，将想跟法官说的话都低声说了出来。

当他踏进法官的房间，发现阿尔伯特也在场，他立刻觉得十分扫兴。可是他马上镇定下来，慷慨激昂地跟法官陈述自己的见解。尽管维特陈述得生动有力、热情洋溢、切合真相，法官依然摇了好几次头，不为所动，这也不难理解。不仅如此，他甚至不让我们的朋友把话说完就激烈地反驳他，责备他在庇护一位杀人犯。他指出，如此做会让法律宣告无效，危害国家治安。他又补充道，他自己必须肩负起最大的责任，一切都必须符合程序，按照规定来办理。

维特还不死心，甚至请求法官答应一件事：如果有人要帮助这个人逃亡，希望他可以睁一只眼闭一只眼！法官也拒绝了这个要求。阿尔伯特此时终于加入谈话，他也是站在法官那一方。维特孤掌难鸣，法官不止一次对他说："不，他罪不可赦！"于是维特怀着极大的悲痛离去。

这句话引发他多大的震撼，我们可以从一张字条上看出。这张字条夹在他遗留下来的文件中，肯定是当天写下的：

罪不可赦，不幸的人啊！我很明白，我们都罪不可赦。

　　阿尔伯特最后在法官面前针对这位囚犯说的话，令维特极度反感，他认为当中有些敏感话语是针对他讲的。即使经过几次深思熟虑后，他也体会到法官与阿尔伯特是有理的，可是他承认，若要他诚实招认这一点，就意味着必须要放弃内心最深处的自我。

　　有一张小笺的内容跟上述有关，也是在他的文件堆中找到的，或许充分表露了他和阿尔伯特的关系：

　　即使我告诉自己，一再地告诉自己，他是君子，是好人，但是这有什么用？只会使我肝肠寸断。我不可能做到事事有理。

　　那晚气候相当温和，冰雪开始融化，因此绿蒂与阿尔伯特决定步行返家。途中他们不时左顾右盼，好似因没有维特做伴而若有所失。阿尔伯特谈起了他，虽然责备他，却也不失公正。有感于维特心怀的热情可能会导致不幸，因而希望绿蒂尽可能与他疏远。

　　"我这样希望也是为了我们，"他说，"我求你，让他改变对你的态度，让他不要再那么频繁来访，我知道别人在说闲话了。"绿蒂沉默不语，阿尔伯特似乎察觉到她沉默的意味了，从此不再跟她提起维特，如果她主动提起维特，他就不接话，或是转而去谈别的话题。

　　维特为了营救那位不幸的青年做了无望的努力，像是将熄灯火最后冒出的火光。自此他更深陷于痛苦中，更不想有所作为。尤其当他听说那个如今矢口否认自己有罪的人确实有罪的时候，法官也许会传唤他去指证，他气得快要发疯了。

　　他过去遭遇的一切不愉快，任职公使馆时所受的气，所有的挫折与屈辱，此刻都在他心中翻腾。他认为这一切都证明了不如无为，他发现自己的前景被切断了，无力解决日常生活事务，因此他完全沉湎在自己古怪的情感与思维方式里，任由激情无止境地摆布，他与所爱人儿的往来变得千篇一律又可悲，这很是打扰了她的安宁，他凝聚自己的精力，却毫无目的与希望地消磨它们，他越来越接近悲剧的结局。

有关他内心的纷乱与激情，他无止境的挣扎与奋斗，对生命的厌倦，有几封遗留信件提供了强有力的证据，现在将这几封信安插在此。

十二月十二日

亲爱的威廉，我现在的状态，那些被恶灵四处驱赶的不幸之人也遭遇过。有时我被情感攫获，并非恐惧，也不是欲念，而是一种未知的内在狂乱，它几乎要撕裂我的胸膛，扼紧我的咽喉！痛苦啊！痛苦啊！于是我就在这个恶劣的季节里，徘徊在骇人的夜景中。

昨天傍晚，我不得不出去。冰雪突然开始融解，我听说河水泛滥，所有溪水都暴涨了，自瓦尔海姆以下，我心爱的河谷全被淹没了！过了夜晚十一时，我匆匆奔出去，见到在月光下翻腾的洪水从山崖倾泻而下，淹没了田地、草原、篱笆与一切，宽广的山谷在呼啸风声中变成了一片波涛汹涌的湖泊。景象真是可怕啊！当明月再度露脸，停歇在乌云上，洪水反射着壮丽无比的月光，在我前面发出巨响滚滚流去。我打了个寒战，心中又生出一股欲念，我张开双臂，面朝深渊站着，深深吸气，心想：跳下去！跳下去吧！

我沉醉在向下倾泻烦恼与痛苦的狂喜中！像波涛一样往下翻滚而去！唉！双脚却不愿离开地面，终结我的一切苦恼！我时间还未到，我感觉得到！唉，威廉！我多么乐意以生命换取和狂风一起扯破云层，拥住洪水啊！唉！囚禁在监狱的人可以分享到这种狂喜吗？

我悲伤地俯视有棵柳树的小地方，有次天气酷热，我和绿蒂散步后曾坐在那树下休息。那里也被淹没，几乎看不见那棵柳树了，威廉啊！

我还想到她家那片草地，猎庄的周围啊！席卷一切的狂澜破坏了我们的凉亭！我心想着。往日的阳光照射进来，就像囚徒梦见牧群、草地和高官厚禄。我站立不动！但我不痛斥自己，因为我有赴死的勇气。我若有……我现在坐在这里，无异于一位从树篱下拾取柴火、挨家挨户乞讨面包的老妇，期待自己凄凉的残年能再苟延片刻。

十二月十四日

怎么回事，我亲爱的朋友？我被自己吓了一跳！我对她的爱不是最神圣、最纯洁、最像兄妹之间的爱吗？我的灵魂里曾有过邪念吗？我不能保证，而如今都是梦啊！哦，把互相矛盾的事情归因于陌生力量，这种人的感觉多么正确！

昨夜！我现在说来都会发抖，我把她搂在怀里，紧压在胸膛上，以无数热吻印在她情话绵绵的唇上，我的眼洄泳在她迷醉的眼里！

甚至在此刻，我还满怀殷切地回想这份炽热的欢乐并感到幸福，上帝啊，我该受罚吗？

绿蒂！绿蒂！我完了！我神志不清，八天以来我都稀里糊涂，我的眼睛里盈满泪水。既然在任何地方都不安适，那么我不论在哪里也都一样了。我无所愿，也无所求。若我一走了之，反而会好些吧。

在这段时期里，如此处境让维特辞世的决心越来越占上风。自从回到绿蒂身边以来，这一直是他最后的出路与指望。然而他总是告诉自己不该莽撞、仓促行动，要怀着最美好的信念，以最沉着的决心来走这一步。

一张小字条透露了他的疑虑与自我争辩，这张字条并未注明日期，可能是一封写给威廉的信的开头，我们是在他的文件堆中找到的：

　　她的存在、她的命运、她对我的同情，尚能从我焦躁的脑袋里挤出最后几滴泪水。

　　揭起帘幕，退到幕后吧！只能如此！为何还要犹豫与畏缩？因为人们不知道幕后世界的光景吗？因为一去便不得复返？对于不确知的事，我们总以为是混乱与黑暗的，这正是我们精神的特质。

　　维特与这悲伤的念头越来越亲近，心意也越加坚定。下面这封写给他朋友、含义双关的信便是佐证。

十二月二十日

　　我感谢你深重的情意，威廉，你如此了解我说的话。是的，你是对的：我若离开会好些。你希望我回到你们那里，这提议不完全符合我的心意，至少我还想绕个路，因为我们这里预计还会有一段霜冻的天气，这么一来路就会好走了。你想来接我，我也很高兴。只不过再晚十四天，等收到我下一封信和其他的消息再动身吧。时机若未成熟，就不要采摘果子。十四天左右可以办成许多事。至于我的母亲，请你转告她，希望她为她的儿子祈祷，请她原谅我带给她的种种烦恼。我本该给他们带来快乐，反倒使他们难过，这就是我的命运吧。再会，我最忠实的朋友！愿上天将所有恩赐都降临给你！再会！

　　这段日子里绿蒂心里有什么想法，对她的丈夫、对她不幸的朋友的情感如何，我们不敢轻易断言。以我们对她性格的了解，心中或许立即能有个概念，但一个拥有优美心灵的女性更能够知道她的想法，并对她感同身受。

　　确定的是，她已下定决心尽可能疏远维特，她之所以有所犹豫，是因为她体贴维特的真心，因为她知道维特要为此付出多大的代价，他几乎不可能办得到。但是在这段日子里，她觉得被迫要认真处理这件事。她的丈夫完全闭口不谈她与维特的关系，她对此也一直保持缄默，这种情况加深了她的决心：要以行动来向他证明，自己并未辜负他的情感。

　　在维特写好给威廉最后那封信当天，也就是圣诞节前最后一个礼拜天。他傍晚去找绿蒂，发现她独自一人。她正忙着包装玩具，要送给小弟妹们当圣诞礼物。他说起孩子们将会多么高兴，他们无意间打开门，看见一株装饰着蜡烛、糖果与苹果的树，心中的狂喜将令他们宛如置身天堂。

　　"你也会有礼物的，"绿蒂说，用可爱的微笑掩饰内心的尴尬，"如果你很乖，你也会得到礼物。送你一根小蜡烛或别的东西。"

　　"你说的乖是指什么？"他喊道，"我该怎么做？怎么才能做到？好心的绿蒂呀！"

　　"星期四晚上，"她说，"是平安夜，那时孩子们会来，我父亲也会来，每个人都会得到礼物，请你也来吧……但是可不要提前来。"维特愣住了。

"我请求你，"她继续说，"非如此不可，我请求你，为了我的安宁，不能……不能再这样子下去了。"

他将视线从她身上移开，在房间里走来走去，咬着牙喃喃自语说着："不能再这样子下去了！"

绿蒂感到这句话使他陷入苦恼，企图以种种问话来转移他的思绪，但是徒劳无功。

"不，绿蒂，"他喊道，"我不会再和你见面了！"

"为什么这样？"她问。"维特，你可以，你非得再来见我们不可，只是你要克制自己。哦，为什么你天生就这样激烈，无法抑制你的热情，一旦抓住就不肯放手！我请求你，"她握住他的手继续说，"克制自己！你的精神、知识、才赋，难道不会给你带来欢乐吗？做个男子汉吧，别再苦苦依恋一个人，她除了为你感到遗憾，什么也不能给你。"

他咬着牙，阴沉地看着她。她握着他的手。"心平气和地想想吧，维特！"她说，"你不觉得你在欺骗自己，存心自寻毁灭吗？维特，你为什么要爱我？因为我属于另一个人？就只因为这样？我担心，我担心，只因为你不能占有我，这个愿望才对你有这么大的诱惑。"

他将手从她的手中抽回来，愤怒地注视着她。

"高明！"他喊道，"非常高明！这也许是阿尔伯特的意思吧？有策略！非常有策略！"

"换了谁都会这样讲，"她回答道，"世界这么大，难道没有一个女孩可以满足你的心愿吗？请战胜自己，去寻找吧，我保证你会找到她的，你这段日子都将自己禁锢起来了，我为了你、为了我们担忧很久了！战胜自己吧！一趟旅行能让你消忧解闷！去寻找吧，找到一个值得你爱的对象，然后回来，让我们共享真正友谊的幸福。"

"这番话真的可以写下来，"他带着冷笑说，"推荐给所有家庭教师。亲爱的绿蒂！请再让我稍微休息一下，一切就会好起来！"

"只求你一件事，维特，平安夜之前可别再来！"他正想回答，阿尔伯特就走进房来。他们彼此冷冰冰地互道晚安，然后尴尬地在房间里并排来回踱步。维特先开口提了一个无关紧要的话题，讨论很快就结束了。阿尔伯特接着也起了个头，然后跟他太太问起几件委托办理的事，他听到事情还未办好，就跟她说了些话，这些话在维特听来未免冷酷，甚至严厉。他想离开，却又身不由己，如此踌躇到八点钟，他越来越恼怒，越来越不满，等到晚餐都已摆在桌上了，他才拿起了帽子与手杖。阿尔伯特请他留下来共进晚餐，但他认为只是听到一句无意义的客套话，冷淡地道完谢就走了。

他回到家，从为他照明的男仆手中取过灯，独自走进自己的房间，放声大哭起来，然后又愤怒地自言自语，在房里激动地踱步，最后和衣扑倒在床上。直到夜里十一点，仆人鼓起勇气走进他的房间，发现他这副模样倒在床上，就询问主人是否要帮他脱靴子。他让仆人脱了，并吩咐他明天早上没唤他之前，不准进房间来。

十二月二十一日，星期一清晨，他写了下面这封信给绿蒂。他死后，他书桌上这封密封起来的信才被发现，并转交给她，我在此将它分段安插在叙述里，以说明他是在何种情况下写了这封信。

我已决心要死了，绿蒂，今天早晨我写下这句话时非常冷静，丝毫不带浪漫的夸张情感，而今天，我将见你最后一面。你读这封信的时候，我最亲爱的，这个不安又不幸者的僵硬身体已经埋葬在冰冷的坟墓里了，直到他生命的最后一刻，除了与你谈谈心之外，他不知道还有什么更甜蜜快乐的事。我度过了一个可怕的夜晚，啊，也是一个慈悲的夜晚。这一夜坚定了我的决心，让我下了最终决定：我要死！昨天强迫自己离开你时，我恼羞成怒，千头万绪涌上心头，原来我待在你身边既没有希望，也没有欢乐，这念头如恐怖的寒战紧紧攫住我。

好不容易回到自己的房里，我就失去理智跪倒在地，噢，上帝！你赐予我最后的甘露竟是最苦涩的眼泪！千百种考虑、千百种打算猛然掠过心头，最终屹立在那儿的唯一念头完整又坚定：我要死！我躺下来，到了清晨醒来的宁静时刻，这念头依然坚定、强烈地屹立在心中：我要死！我为你牺牲不是出于绝望，而是确信自己可以解决问题。是的，绿蒂！我为什么要对此缄默呢？我们三人之中必须有一人离开，我情愿是我！哦，我最亲爱的！在这个破碎的心中曾有个狂暴念头偷偷潜入，而且经常乱窜——杀死你的丈夫！杀死你！杀死我！所以就杀死我吧！你若在一个美丽的夏日傍晚爬上山，请在心里怀念我，怀念我常常从山谷爬上山，然后请远眺我在教堂墓地里的坟，看高大的荒草在夕阳映照下随风摇曳。我动笔写这封信时内心很平静，现在这一切生动地在我眼前浮现，我哭得像个孩子一样。

将近十点的时候，维特唤仆人进来，一面穿衣一面告诉他，近日内他要去旅行，因此得把衣服刷干净，东西整理妥当并且装箱打包，也吩咐他四处去把积账结清，取回几本出借的书籍，几位每周固定接济的穷人要预先支付两个月的钱。

他让仆人把早餐送进房里。饭后，他骑马去找法官，但法官并不在家。于是他在花园里徘徊，沉思默想，似乎到了生命的尽头，仍想将一切伤心回忆堆积在心里。

但孩子们不肯让他清静。他们追着他跑，往他身上跳，跟他说过了明天，又一个明天，然后再过一天，他们就可以跟绿蒂拿圣诞礼物了，还跟他描述他们小小脑袋里所想象的奇迹。"明天!"他喊道,"又一个明天!再一天!"然后亲亲热热地吻了每一个孩子。正要离开时,最小的男孩还悄悄在他耳边讲秘密,跟他透露大哥哥们写好了漂亮的贺年卡,好大张!一张给爸爸,一张给阿尔伯特和绿蒂,也有一张给维特先生,他们打算在元旦一早献给他们。这些话令维特感动不已,他给每个小孩送了一点东西,跨上马,托他们问候老人,然后噙着眼泪离去。

接近五点的时候,他回到住处,命令女仆去照看炉火,要让火维持到深夜。他又吩咐仆人把书籍与换洗衣物都装进楼下的行李箱里,并把外衣缝好。随后可能就写下给绿蒂最后一封信中的这一段:

你想不到我会来!你以为我会乖乖听话,直到平安夜才去见你。噢,绿蒂!今天不见你,以后就永远见不到你了。平安夜那天,你会颤抖地拿着这封信,以你亲爱的泪水沾湿信纸。我要这样做,非得这样做不可!噢,我下定了决心,心中是多么畅快啊。

绿蒂这段时间的心境也很特别。最后一次跟维特单独交谈后,她就感到若跟他分离,心情会很难过,如果他得离开她,他将会多么伤心。

她在阿尔伯特面前有意无意地提到,维特在平安夜前不会再来了。阿尔伯特便骑马去邻近市镇找一位官员处理公事,并且必须留下过夜。

此刻绿蒂独自坐在房内,弟妹都不在身边,她默默想着自己的处境。她知道自己已与一名男子缔结终身,明白他的爱与忠诚,她也是打心底爱他,他性格沉静,尤其是为人可靠,一切似乎是上天的安排,让一位能干的女人可以在他身上建立终生幸福,相信他毕生都会好好照料她与弟妹。另一方面,维特对她也很宝贵,打从结识第一刻起就明了了,他们彼此情投意合,和他长期相处的过程中,种种经历已在她心中留下不可磨灭的印象。她凡是感受到、想到有趣的事情，都习惯与他分享，他若离去，将会在她心上留下一个无法弥补的缺口。哦，此刻她真希望能将维特变成自己的哥哥，那样她会有多快乐！他可以跟自己的女性朋友结婚，他跟阿尔伯特也有望重修旧好！

她逐一细想自己的女友，发现每一位身上都有这样或那样的缺点，没有一个人配得上维特。

经过一番思索之后，她才深深感到，她内心隐隐希望维特是自己的，然而她却不愿承认。她一面告诉自己这不可能，也不可以。她纯洁美丽，生性活泼，容易自我排遣，此刻却被一层忧郁重压，觉得通往幸福未来的大门关上了。她的心紧纠在一起，一片愁云笼罩了她的眼。

这时已是六点半了，她听见有人走上楼的声音，马上辨出维特的脚步声与问候她的声音。她的心跳得好厉害，在他来访时，她第一次有这么激烈的反应。她很想托词不见他，维特踏进房间时，她激动得慌了，向他大嚷道："你没信守诺言。""我没跟你承诺什么。"这是他的回答。"你至少要接受我的请求，"她说，"我曾请求你让我们双方都平静下来。"

她不知道说什么才对，也不知道要做什么才对，于是派人去请两位女友来，以免单独跟维特在一起。维特放下带来的几本书，问起另外几本。她一下子希望女友们尽快来，一下子又希望她们不要来。女仆回来了，带来两位都不能来的消息。

她想叫女仆在隔壁房间做活，却又改变了主意。维特在房里踱来踱去，她便走到钢琴边，弹起一支小步舞曲，却弹得不流畅。维特在他平常习惯的长沙发椅上坐下，她让情绪镇定下来，泰然自若地走过去跟维特坐在一起。

"你没有书可读吗？"她问。他没有。"我的抽屉里，"她说，"有你翻译的几首莪相之歌。我还没读过，因为我一直希望能听你亲口朗读，但始终没有合适的机会。"他微笑，起身去取译稿。他把译稿拿到手中时，突然打了个寒战，一看下去，眼睛立即充满泪水。他坐下来，开始朗读：

　　黄昏之星啊，你在西方明媚闪烁，从云中昂首发光，庄严地走向山丘。你望向旷野，在瞧什么呢？狂风已停歇，远方传来潺潺溪流声，滔滔浪花在崖边嬉戏。田野上空，傍晚出没的蚊蚋成群结队地嗡嗡飞鸣。你在看什么，美丽的星光啊？你只是微笑着离开，海浪亲切地把你围绕，替你洗濯迷人的秀发。再见，幽静的光！显现吧，崇高的莪相心灵之光！

　　辉煌之光自莪相心灵中显现。我看见亡友聚集在罗拉平原上，时光如同往昔。芬迦尔来了，仿佛一尊湿润润的雾柱，勇士们拥簇着他。还有，看啊！吟游诗人们！白发苍苍的乌尔林！仪表堂堂的利诺！阿尔品，那位模样秀丽的歌手！还有你，温柔怨诉的米诺娜！自从在赛尔玛举办庆典以来，我的朋友，你们有了多大的变化啊，我们那时竞相争夺歌唱的荣耀，歌声如春天的气息拂过山丘，把细声耳语的野草交替地吹弯了腰。

　　然后，米诺娜婀娜绰约地走出来，目光低垂，泪眼汪汪，山丘上不时吹来微风，她茂密的秀发随风缓缓飘动。当她柔美的歌声响起，英雄们的灵魂顿时悲凄起来。他们常常看见萨尔迦的坟墓，看见皮肤白皙的珂尔玛阴暗的住处。珂尔玛，独自一人在山丘上，同她和谐的歌声一起被遗弃。萨尔迦允诺前来却失信，四周夜幕已拉上。听听珂尔玛的歌声吧，她独自坐在山丘上。

珂尔玛之歌

　　黑夜来临！我独自一人，被遗弃在暴风雨笼罩的山丘上。风在山里怒号，冲下山崖的河水在咆哮。没有小屋可以替我遮雨，我被遗弃在暴风雨笼罩的山丘上。噢，明月，从云里出来吧！显现吧，夜星！用一道光引导我，让我抵达我的爱人打猎后歇息之处，松了弦的弓在他身侧，猎犬在他周围哼着鼻息！而我不得不独自坐在河畔杂草间的岩石上。河流与狂风怒吼着，我听不见我爱人的声音。

萨尔迦为何迟迟不来？他忘了自己的承诺吗？那边是岩石，还有树，这里是澎湃的河流！他答应夜晚降临时会来到此地。啊！我的萨尔迦迷路到哪儿去了呢？我要随你私奔，离开父亲与兄弟，离开这两个骄傲的人！我们的家族是世仇，然而我们并不是敌人，噢，萨尔迦！

噢，风儿，沉默片刻吧！噢，激流，静止片刻吧！让我的声音响彻山谷，让我的流浪者可以听见。萨尔迦！是我在呼喊！约定相见的树与岩石在这里！萨尔迦！我亲爱的！你为什么迟迟不来？

看啊，月亮出来了，洪水在山谷里闪闪发光，灰黑岩石屹立在山丘上，但我在山上没看见他，没看见开路的猎犬预告他的到来。我不得不独自坐在这里。

是谁躺在山下的旷野上？是我的爱人吗？是我的兄弟吗？说话啊，我的朋友！他们不回答。我的心多么惶恐！噢，他们死了！他们的宝剑因格斗而沾满鲜血！噢，我的兄弟，我的兄弟啊！你为什么要杀死我的萨尔迦呢？噢，我的萨尔迦，你为什么要杀死我的兄弟呢？我多么爱你们！噢，即使山丘上有千百人，你还是那样耀眼！那场战役多么惨烈啊。回答我啊！听我说话啊，我的爱人！但是，啊，他们沉默，永远沉默了！他们的胸膛就像泥土一样冰冷！

自山丘上的岩石，自狂风大作的山顶，噢，亡魂，说话吧！说吧！我并不害怕！你们到哪里安息了呢？在山里哪个墓穴里可以找到你们？我在风中听不见一丝微弱声音，在山丘上的狂风中听不到你们哀痛的回应。

我悲痛地坐着，流泪等待破晓。掘开坟墓吧，亡者的朋友，但不要封起，请等我到来。我的生命如梦一般消逝，我怎能留下！在这岩石鸣响的河畔，我要与朋友们同住。当夜晚降临山丘，当风吹拂旷野，我的灵魂会屹立风中，哀悼朋友之死。小屋里的猎人听见了，我的歌声令他既爱又怕。我用甜美歌声为朋友吟唱，我是多么爱他们两位啊！

这是你的歌，哦，米诺娜，托尔曼温柔娇羞的女儿。我们为珂尔玛洒泪，我们的灵魂都悲凄沉重。

乌尔林拿着竖琴上场，为我们弹奏阿尔品之歌。阿尔品的歌声柔和，利诺则有烈焰之魂！但是他们已在棺屋里安息了，他们的歌声已在赛尔玛成了绝响。英雄们阵亡之前，乌尔林有次打猎归来，听见他们在山丘上竞唱。他们的歌曲调柔和，但很哀伤。他们悲叹第一勇士莫拉的阵亡。他有媲美芬迦尔的灵魂，他的宝剑如同奥斯卡的剑。但是他战死了，他的父亲悲痛不已，他的妹妹眼里满是泪水，米诺娜的眼里满是泪水，她是英雄莫拉的妹妹。乌尔林开始唱歌之前，她退场了，就像西方明月预见将有暴雨来袭，把美丽的脸藏到云后。我和乌尔林一起弹竖琴，给悲伤之歌伴奏。

利诺之歌

风雨已过，正午天气多么晴朗，浓云开启。捉摸不定的阳光匆匆掠过山丘。山涧溪流泛着红光，在山谷中流淌。溪流啊，你潺潺水声多甜美，但我听见的歌声更甜美。那是阿尔品的歌声，他悲叹亡者。他的白头因年迈而低垂，泪眼殷红。阿尔品，优秀的歌手啊，为何独自站在沉默的山丘上？你为何悲叹，如林中猛然刮起的风，如拍打在遥远海岸的浪？

阿尔品之歌

利诺，我的眼泪是为亡者而流，我的歌声是为墓穴居民而唱。山丘上的你多么俊美，列身众多旷野之子中依然耀眼。然而，你也将如莫拉一样战死沙场，将有哀悼者坐在你的坟上。山丘会遗忘你，你的弓松了弦，躺在厅堂里。

哦，莫拉，你敏捷如山上的野鹿，狂暴若天上夜火。你愤怒时好似暴风雨，你的利剑在战场挥舞，仿佛旷野上的闪电。你的声音好似雨后的林涧溪流，好似远方山丘上的雷鸣。众人在你臂前倒下，你的怒火吞噬他们。但从战场上归来，你又变得多么平静祥和！你的容貌宛若暴风雨过后的太阳，宛若静夜里的明月，你的胸膛平静无波，仿佛狂风停歇后的湖泊。

而今你的房舍狭窄、阴暗！你的坟墓仅有三步长，哦，正是你生前的高度！唯有四块墓石纪念你，苔藓已爬满它们顶端，一棵枝叶凋零的树木，在风中低语的高大劲草，都在向猎人的眼睛指示，这儿有英雄莫拉之墓。没有母亲为你哭泣，没有女孩为你洒下情泪。生下你的人已经死了，莫格兰的女儿已经离世了。

那位拄拐杖的人是谁？那位年迈，白发苍苍，双眼因流泪而泛红的人是谁？那是你的父亲，哦，莫拉，只有你这一个儿子的父亲。他听见你在战场上的怒吼威震八方，他听见敌人四下逃窜，他听见莫拉的赫赫威名！唉！难道他都没听说你受伤了吗？哭泣吧，莫拉的父亲，哭泣吧！但是你儿子听不到。亡者睡得深沉，头枕着地下尘土。他不再理会声音，永远不会因你的呼唤而苏醒。哦，墓里何时有天明，何时唤醒沉睡者：清醒吧！

安息吧！最高贵的人，战场上的征服者！但是战场上再也见不到你的踪影，黑暗森林再也不会被你宝剑的光辉照亮。你没留下子嗣，可是你的名字将在歌里流传，后世的人会听闻你的事迹，听闻战死沙场的莫拉。

英雄们皆大声悲叹，其中阿尔敏的叹息声最响亮，连续不断。他忆起儿子之死，正当青春年华却命丧黄泉。声名赫赫的盖曼尔侯爵卡尔摩坐在这位英雄身边。"阿尔敏的叹息为何含着啜泣？"他说，"为什么要痛哭？弹一首曲子、唱一首歌，不是为了融化心灵、取悦心灵吗？乐声好似温柔的烟雾，自湖面上升，弥漫山谷，滋润绽放中的花朵。随后太阳恢复其威力，烟雾散去。你为何要如此悲痛，阿尔敏，戈尔玛岛的统治者？"

"悲痛！我真是悲痛啊，而且悲痛的缘由不轻。卡尔摩，你未丧子，未丧失芳华正茂的女儿，勇敢的寇尔加与美丽无双的女孩安妮拉都在世。你们家族枝叶繁茂，哦，卡尔摩。阿尔敏却是他族嗣的最后一人。哦，陶拉，你在幽暗的墓里沉睡！你何时会醒来，唱起你的歌，让你旋律优美的歌声再度响起？刮起来吧，秋风！刮起来吧，狂卷过阴暗的旷野！林涧溪流，咆哮吧！狂风，在橡树顶上怒吼吧！哦，明月，你穿出云间，露出苍白的脸庞吧！让我回忆起那个可怕的夜晚吧，我两个孩子同时丧命，勇猛的阿林达尔倒了，可爱的陶拉香消玉殒了。

"陶拉，我的女儿，你多美丽，美若富拉山丘上的明月，白皙若降雪，甜蜜若微风！阿林达尔，你的箭法高强，你的长矛在战场上飞驰，你的眼神如波上烟雾，你的盾是暴风雨中的火云！

"阿尔马骁勇善战，前来向陶拉求爱；未久，她也倾心于他。

他们的朋友期盼佳期到来。

"欧德盖尔之子艾拉斯发怒了，因为他哥哥死在阿尔马手下。他假扮成水手前来。他乘美丽的小舟破浪而来，鬓发因年迈而苍白，严肃的脸平静无波。'最美丽的女孩呀，'他说，'阿尔敏的爱女，在离海岸不远的岩石旁，有红果实垂下的地方，阿尔马在那里等你。我来迎接他的爱人，渡过波涛滚滚的海洋。'

"她随他而去，呼喊着阿尔马，回答她的唯有岩石的回音。'阿尔马！我的爱人！我的爱人！你为何要让我害怕？听啊，阿纳特的儿子！陶拉在呼唤你！'

"艾拉斯这个狡诈之徒，放声大笑地逃回陆地。她提高嗓门，呼唤她的父亲与哥哥：'阿林达尔！阿尔敏！没人来救陶拉吗？'

"她的声音穿越海洋。我儿阿林达尔爬下山丘，背着刚打到的猎物，箭在腰间作响，弓握在手里，四只灰黑色的猎犬围绕他，他看见大胆的艾拉斯在岸边便抓住了他，把他绑在橡树上，将他的腰臀紧紧缠住，被缚者的呻吟在风中飘荡。

"阿林达尔划船踏着浪，要带陶拉驶回岸边。阿尔马怒气冲冲赶到，射出灰翎箭。箭头响起，即刻射穿他的心房，哦，阿林达尔，我儿啊！不是艾拉斯此狡诈之徒，反倒是他丧了命。小船触及岩石，他倒下死了。她脚下流着她哥哥的血，她多悲痛啊，哦，陶拉！海浪撞碎小船。阿尔马跳进海里要救他的陶拉，否则只求一死。一阵疾风从山丘吹下，激起滔天大浪，他沉入海里，不再浮上来。

"我听见女儿独自在海水冲刷的岩石上哀号。哭喊声凄厉不止，然而她父亲无法救她。我彻夜站在海岸上，看着朦胧月光下的她，彻夜听着她哭喊，狂风怒吼，暴雨急打在山侧。黎明尚未来到，她的声音渐弱，她死去了，像晚风消失在岩石上的荒草间。她因悲痛而死，留下阿尔敏一人！我战场上的英豪离世了，我少女中的骄傲与世长辞了。

"每当山上暴风雨来袭，每当北方激起高浪，我就坐在回音缭绕的海岸，望向那座可怕的岩石。我屡屡在明月西落时看见我孩子的幽魂，他们结伴徘徊，神情同样哀戚，若隐若现。"

绿蒂泪如泉涌，泪水纾解她压抑的心，同时打断了维特接下来的吟咏。他抛下诗稿，抓住她的手痛哭涕零。绿蒂低头靠在他另一只手上，用手帕捂住眼泪。两人都异常激动。他们在高贵人物的命运中看见自己的不幸，心中有同样感触，两人的泪水流在一起。维特的嘴唇与眼睛炽烈地在她手臂上游移，她全身战栗起来。她想逃开，但悲痛与同情却像铅一样重重压着她，使她全身麻痹。她深吸一口气，恢复了神志，哽咽地恳求他继续念下去，以上帝般的声音恳求他！维特打战，他的心快要爆裂了，他拾起纸张，断断续续念着：

为何要唤醒我，春风？你谄媚地说：我要用天上的甘露滋润你！但我枯萎的时刻逼近了，暴风雨逼近了，我将被吹得落叶凋零！浪迹天涯的人明天会来，他曾见过我年轻俊美的模样，他的眼睛会在旷野上搜寻，可是不会找到我的踪影。

这些话冲击着这位不幸者。他绝望地扑倒在绿蒂脚下，握住她的双手，按在自己的眼睛上、额头上。绿蒂心底有个预感掠过，她察觉到他可怕的计划。她心乱如麻，紧握住他的手，压在自己的胸脯上，哀伤地俯身过去，两人发烫的脸颊互相依偎着。世界顿然消失了。他用双臂搂住她的身子，把她压在胸前，发狂地亲吻她颤抖、结巴的唇。"维特！"她用窒息的声音喊道，企图转过脸去。"维特！"她用无力的手推开他的胸膛。"维特！"她以镇定庄严的语气喊道。他不抵抗，放开了她，失魂落魄地拜倒在她面前。她挣扎着站起来，惶恐又心慌意乱，在爱怒之间挣扎，她说："我说最后一次！维特！你再也见不到我了。"她眼里满是情意地望着这个不幸的人，然后快步逃至隔壁房间，把门在身后锁上。维特向她伸出手臂，却不敢挽留她。他躺在地上，头搁在长沙发椅上，就这样待了超过半小时，直到一阵声响让他恢复意识。那是一位女仆，她要来布置餐桌。他在房里踱来踱去，等到又只剩下他独自一人，便走到通往小房间的门前，轻声唤道："绿蒂！绿蒂！只要再说一句话就好！一句告别的话！"她没有出声。他等候着，再恳求，又等候着，然后毅然离去，走之前他喊道："别了，绿蒂！永别了！"

他来到城门口。守卫已经认识他，不多加盘问便让他出了城。那时雨雪交加，直到将近十一点钟他才重叩家门。仆人留意到维特返家时帽子不见了，但他不敢说什么，然后帮他脱了衣服，衣服全都淋湿了。后来人们在山丘斜坡一个可以眺望山谷的岩石上找到他的帽子，难以理解的是，他怎能在又暗又湿的夜晚爬上去而没跌落山谷。

他上床，睡了很久。隔天早晨，仆人应他的传唤端咖啡进去时，发现他在写东西。他正在给绿蒂的信中添加下面这些话：

最后一次了，最后一次张开这双眼睛。啊，它们不会再看见太阳了，一个雾蒙蒙的天空遮蔽了双眼。大自然，你在哀悼啊！你的儿子、你的朋友、你的爱人正走向他生命的尽头。绿蒂，当一个人对自己说"这是最后一个早晨"，他的感觉无法言喻，若真要比喻，它最近似于一场半明半暗的梦。最后一个！绿蒂，我不懂"最后一个"这样的字眼！我现在不是精力充沛地站在这里吗？而明天我就要僵直无力地躺在地上。死亡！这是什么意思？瞧，我们谈论死亡，都只是在做梦。我目睹过许多人死去。然而，人类所知多么有限，对于自己存在之初始与终结毫无概念。我现在还是自己的，你的！哦，爱人，我是你的！可是转瞬之间就要分开了、别离了，也许是永远分离了？不，绿蒂，不是的，我怎么会消逝呢？你怎么会消逝呢？我们确实存在啊！消逝！这是什么意思？只不过是个词汇罢了！一个空洞的声响！在我的心底激发不了什么情感。死了，绿蒂！被埋入冰冷泥土里，那么狭窄！那么阴暗！我曾有过一位女友，在我彷徨无助的青涩年代，她是我的一切。后来她死了，我送她的遗体下葬，站在坟穴旁，目睹她的灵柩入土，绳索在棺木下嗡嗡地抽出，再往上弹，然后抛下第一铲土，棺材发出沉闷的回响，声音越来越闷，越来越闷，终于完全被掩盖！我倒在墓旁，心情异常激动，震惊又惶恐，我肝肠寸断，但是我当时不明白这是怎么回事，将会是怎么回事。死亡！坟墓！我不明白这些字眼的意思！

哦，原谅我！原谅我！昨天！那应当是我生命中的最后一刻。哦，你是天使啊！第一次，也是最后一次，我确实感到狂喜炽烈地流贯内心：你爱我！你爱我！我唇上还燃烧着从你唇上点燃的圣火，心中生起新鲜又温暖的幸福。原谅我！原谅我！

啊，我早就知道你爱我，从你最初深情的眼神里，从第一次握手中，我就知道了，然而，如果我离开你，如果我看见阿尔伯特站在你身边，又会陷入疯狂的绝望中，从而灰心丧志。

还记得在那次无聊的聚会中，你无法跟我说话，又无法跟我握手，所以你送了我一束花吗？哦，我在鲜花前整整跪了半个夜晚，它们把你的爱封印在我心里。但是，唉！这些印象已经消逝了，就像信徒得到上帝恩宠，浩荡天恩曾众目睽睽降临，但他心中的感觉也会逐渐淡去。

所有一切皆稍纵即逝，然而我昨天在你唇上感受到的生命之火将永不熄灭！你爱我！我的双臂曾搂过你，两片嘴唇曾在你唇上颤抖，曾贴在你唇上结结巴巴说不出话来。你是我的！你是我的！是的，绿蒂，你永远是我的。

阿尔伯特是你的丈夫又如何？丈夫！我爱你，想把你从他怀里抢过来，对这个世界而言就是罪恶吗？罪恶？好吧，我会为此惩罚自己。我已尝过这项罪恶带来的喜悦，已把滋润生命的香膏与力量吸吮到我心里。自此刻起，你是我的！我的，哦，绿蒂！我先走一步了！去我天父那里，去你天父那里。我要向他哭诉，他会安慰我，直到你来，我会飞去迎向你，拥抱你，留在你身边，在永恒的上帝面前，我会和你永远拥抱在一起。

我不是在做梦，不是在呓语！临死前，我心中更明晰。我们还会在一起！我们还会再相见！也会见到你的母亲！我会看见她，会找到她，啊，我会向她倾吐心事！你母亲的相貌一定跟你非常相似。

近十一点时，维特询问仆人阿尔伯特是否已经回来了。仆人说看到他骑马回家去了。接着，他主人就交给他一张未封起的小字条，上面写着：

我即将出发去旅行，愿意借我手枪一用吗？珍重，再会了！

绿蒂昨夜无法安睡。她担忧的事终于发生了，事情突如其来，令她措手不及。她那原本纯净温和地流动的血液，现在却激动得沸腾起来，千百种感慨摇撼着这颗美丽的心。胸膛里是维特拥抱时感受到的熊熊烈火吗？是对他大胆放肆的不满吗？还是因为眼前境况已不比从前日子无拘无束、天真无邪、充满自信，所以她感到无比烦忧？她该如何面对丈夫，如何跟他坦承昨晚发生的那一幕，她理当招认，却不敢招认的一幕？他们彼此对这层关系已经保持缄默那么久，是该由她首先打破沉默，在此不恰当的时机揭露这件意料之外的事吗？她很担忧，单是维特来访的消息就会令丈夫不快，现在还要加上这场意外灾难！她能期望丈夫正确地看待此事，毫无偏见地接纳吗？她能期盼他可以了解她的内心吗？她在他面前，始终都像晶莹剔透的玻璃一样坦荡自在，从不对他隐瞒，也不隐瞒自己的情感，现在她能在丈夫面前佯装什么事情都没发生吗？种种疑问都令她担忧，让她陷于困窘，而她的念头却不断回到维特身上，他为了她牺牲自己，她无法不管他，但她——很遗憾的！——必须放弃他，然而他失去了她，他就一无所有了。

夫妻之间根深蒂固的隔阂现在沉重地压在她身上，她此刻还不明了！两个明理、善良的人，因为未说出口的分歧，而开始保持缄默，各自都以为自己有理而对方不讲理，种种关系彼此纠结，互相影响，以至于无法在关键时刻解开死结。假使幸福带来的信赖感早点将他们拉得更靠近些，爱情与相互谅解即能充塞他们心中，如果他们敞开彼此的心，我们的朋友或许还会得救。

还有另外一层特殊情况。如我们从信中得知，维特从不讳言他渴望离开这个世间。阿尔伯特因此常常与他争辩，绿蒂与丈夫之间有时也会谈起此话题。阿尔伯特对自杀行为极端反感，甚至屡屡以不符合他个性的激动方式告诉绿蒂，他强烈怀疑维特的企图并不是认真的。他甚至还会开些玩笑，跟绿蒂传达自己不相信维特会自杀。如此一来，她脑海里浮现的那些悲哀场景，一方面可以让她放心，另一方面却也妨碍她告诉丈夫此刻折磨她内心的种种隐忧。

阿尔伯特返家了，绿蒂有些不知所措地急忙迎接他。阿尔伯特看起来不太开心，邻镇法官顽固、气量狭小，使得公事并未办妥。路不好走，也让他不愉快。

他问家中是否出了什么事，她仓促地回答：维特昨晚来过。他又问是否有信件，绿蒂回答是有一封信与几个包裹放在他的房里。他走进自己的房间，绿蒂独自留在原处。见到自己所爱与尊敬的丈夫，她又产生一种新的情绪。想起他的高尚情操，他的爱与善良，她的心情变平静许多，隐隐想要跟随他，于是她跟往常一样拿了针织活计走进他房里。她看到他正在拆包裹，阅读里面的信札。有几封信似乎令他不快。她问了他一些话，他仅简短地回答，然后就坐在书桌前写东西。

他们就这样相伴了一个钟头，绿蒂的心越来越抑郁。她觉得即便在丈夫心情极佳的时候，吐露心事也非常困难。她陷入悲哀中，想要努力隐藏悲哀，暗自吞下眼泪，却更加惶恐。

维特男仆的到来使她更狼狈，他交给阿尔伯特一张小字条，阿尔伯特神情自若地转身对太太说："把手枪给他。"接着跟男仆说，"我祝他旅途愉快。"

他的话有如雷电劈在她头上，她摇摇晃晃地站起来，不知道自己怎么了。她慢慢走到墙前面，颤抖地取下手枪，拂掉灰尘，心中迟疑不决，倘若阿尔伯特没有露出怀疑的眼神催她，她还会犹豫更久。她把这不祥之物交给男仆，一个字都说不出来，男仆踏上归途后，她收拾好活计，回到自己的房间里，她内心的忐忑不安难以言喻。她预感会有可怕的事发生。她打算扑倒在丈夫脚下，把昨晚发生的事、自己的过失与预感，统统坦白，却又觉得这样做不会有什么结果，她也不敢奢望能说服丈夫去维特住所一趟。午餐已备好，一位要好的女友来了，原先她只是想来询问一些事，问完要马上离去。绿蒂将她留下，这样餐桌上的交谈也能够舒服些。人们压抑自己，大家一起谈笑，也就忘却了心事。

男仆带着手枪回来，维特听说是绿蒂亲手交给他的，惊喜万分地收下。他让人送上面包与酒，吩咐男仆去用餐，然后坐下来写信。

手枪是你亲手交来的，你还拂去了上面的灰尘，我吻它千百遍，因为你触摸过！是你，天上的圣灵，对我的决心施以恩典；是你，绿蒂，将此工具交给我；是你，我一直希望从你的手中接受死亡。啊！如今如愿以偿。噢，我向男仆问得一清二楚。你把枪交给他的时候，手在颤抖，一句告别的话都没说！唉！唉！没说一句再会的话！因为那一瞬间将我与你永远相连，所以你就将我封闭在心门之外吗？绿蒂，此印象千年都无法磨灭！我感觉得出来，你并不怨恨那个为你熊熊燃烧的人。

　　饭后，他吩咐男仆把所有东西打包妥当，撕毁许多文件，出门去还清了零星积欠的债务。回家后他又冒雨再度外出，来到城门前，走进伯爵的花园，又到附近徘徊，直到夜幕升起才返家写信。

　　威廉，我已经对田野、森林与天空做了最后巡礼，也跟你道别吧！亲爱的母亲，原谅我！威廉，好好安慰她吧！愿上帝赐福给你们！我的事情都已处理妥当。再会了！我们还会再见，再见时会更为喜乐。

　　我辜负了你，阿尔伯特，原谅我吧。我打扰了你的家庭安宁，导致你们夫妻之间彼此不信任。再会！我要结束这一切。哦，我的死能让你们幸福！阿尔伯特！阿尔伯特！要让天使幸福呀！愿上帝永远眷顾你！

　　傍晚，他又花了很多时间清理文件，撕毁了不少扔进火炉里，封起了几包，署名收件者为威廉，里面是几篇小品文、随笔，我已经读过其中几篇。十点，他让仆人添加柴火，端上一瓶酒，之后吩咐仆人就寝，这位仆人的房间跟其他家仆的卧室一样都在后方，距离维特的房间很远。仆人随即和衣上床，以便明天一早可以听候吩咐，因为他的主人说马车明晨六点之前就会抵达大门口。

十一时过后

　　四下万籁俱寂，我的心灵无比平静。感谢你，上帝，在最终时刻赐予我温暖与力量。

　　我走到窗前，我最亲爱的，从翻涌的游云间看见天上永恒的点点繁星！不，你们不会陨落！永恒的上帝将你们托在心上，也托着我。我看见众星中我最钟爱的北斗星。每每夜间与你分手后，踏出你家大门，就见到它在上空迎接我。我屡屡陶醉地凝视着它！屡屡向它举起双手，以它为幸福与神圣的象征！现在也依然是——哦，绿蒂，每一样东西都让我想起你！我周围总是充满着你的身影！我像个小孩，永不餍足地把你这位圣人碰触过的一切东西夺到身边！

　　亲爱的剪影！我把它赠送给你，绿蒂，请你珍藏。我在上面印了无数个吻，当我外出或返家时，我向它致上千百次问候。我给你父亲留了张字条，请求他保护我的遗骸。教堂墓地后面朝向旷野的角落里有两棵菩提树，我希望在那里安息。他应当肯为他的朋友照办。请你也替我请求他。我不强求虔诚的基督徒愿意让自己的遗体躺在一个不幸的可怜虫旁边①。唉，我宁愿你们将我葬在路边，或是寂寞的山谷里，让路过的

_____

① 基督教教规，自杀即叛教，自杀者不允许葬入公墓。

教士与利未人在标记的石头前画十字，让撒马利亚人 ① 掉下一滴眼泪。

我在这里，绿蒂！并不怕端起这只冰冷可怕的酒杯，饮下死亡的迷醉！是你将它递给我的，因此我不畏缩。饮尽！饮尽吧！这么一来，我毕生所有心愿与期望都满足了！我将冷静坚定地去敲打死亡的铁门。

啊，我竟有幸能为你而死！绿蒂，我为你奉献自己！若能让你重获安宁与生命的欢乐，我愿意勇敢、痛快地死去。但是，啊！只有少数高贵人物能够为所爱的人洒鲜血，以自己的死替朋友换取百倍的新生命。

我愿，绿蒂，以这身服装入葬，你碰触过它，使它变得神圣，我也在字条中向你父亲请求此事。我的亡灵将会在棺柩上飘荡。不要搜我的口袋。这只淡红色蝴蝶结，我第一次见到你时你戴在胸前，当时你在弟妹环绕下——哦，请替我吻他们千遍，将我不幸的命运讲给他们听吧。可爱的孩子们！他们喜欢簇拥我。啊，我是多么紧密地与你相连！从第一次见到你开始，我就无法离开你了！这只蝴蝶结要陪我入葬。它是你送我的生日礼物！我是多么迫不及待接受这一切啊！唉，我未曾料到我走的路会把我引到这里来！不要激动！我请求你不要激动！

子弹已经上膛，钟敲十二响了！那么好吧！绿蒂！绿蒂，别了！别了！

---

① 指救死扶伤者。

邻居看见火光一闪，接着听到一声枪响。由于接下来一片寂静，他也就未再多留意。

清晨六时，仆人提着灯来到房里，看见主人倒在地上，身旁是手枪和满地的鲜血。他呼唤他，摸他，没有回应，只有喉咙还在发出沉重的喘气声。他跑去请大夫，又去找阿尔伯特。绿蒂听见门铃被扯响时，一阵颤抖流遍全身。她唤醒丈夫，起床应门，维特的仆人哭喊着，结结巴巴地跟他们报告噩耗，绿蒂当场昏厥在阿尔伯特面前。

医生来了，宣布倒在地上的伤者已经没救了，脉搏虽然还在跳动，但是四肢已全瘫痪。他从右眼上方射穿头颅，脑浆四溅。虽无助益，医生还是在他手臂放血，他依然在喘气。

从扶手椅靠背上的血迹判断，他是坐在书桌前开枪，倒下后全身抽搐地在椅子周围打滚，最后对着窗户无力地仰卧。他衣着整齐，穿着长靴、蓝色燕尾服与黄色背心。

这件事惊动了全城。阿尔伯特赶到时，维特已被抬到床上，额头扎着绷带，脸色与死人无异，全身一动也不动，只有肺部还发出可怕的喘气声，时强时弱。大家只等着他断气。

那瓶酒他只喝了一杯。《爱米莉亚·迦洛蒂》①摊开摆在书桌上。

有关阿尔伯特的震惊、绿蒂的悲痛，在此就不赘言了。

老法官一听到噩耗立即策马赶来，流着热泪亲吻濒死的维特。他几个较年长的儿子随后也赶到，他们悲痛地跪倒在床边，亲吻维特的双手与嘴唇，最年长的男孩，也是维特最疼爱的，吻着他的唇不放，直到维特断气了才被人强行拖开。他在正午十二时去世。幸有法官在场，他亲自统筹办理死者的后事，才平息了众人的骚动。夜间近十一时，法官叫人把维特葬在他自己选定的地方。老人亲自送葬，他的儿子们也同行。阿尔伯特无法前往，因为他正担忧绿蒂的性命。几位工匠抬着维特的灵柩，没有一位神职人员陪送。

---

①《爱米莉亚·迦洛蒂》(*Emilia Galotti*)，德国作家莱辛 (Gotthold Ephraim Lessing)
　的著名抗暴悲剧。

歌德大事年表

一七四九　生于美茵河畔的法兰克福。

一七六五——一七六八　在莱比锡学习法律。

一八六八——一七七〇　在家中养病。完成《共谋罪犯》。

一七七〇——一七七一　在斯特拉斯堡学习，一七七一年，获得法学博士学位，返回法兰克福。完成《铁手骑士葛兹·冯·伯里欣根》。

一七七三——一七七五　完成《浮士德》初稿、《普罗米修斯》《穆哈默德》等作品。出版《铁手骑士葛兹·冯·伯里欣根》，并成名。

一七七四　完成《少年维特的烦恼》。

一七七五　应邀到魏玛。

一七七六　被任命为魏玛公国的枢密顾问。

一七七九　写作《伊菲格尼在陶洛斯》。

一七八二　获得贵族称号，并被任命为内阁大臣。

一七八六　访问意大利，结识画家缇士拜恩。

一七八七　前往那不勒斯和西西里。

一七八七——一七八八　完成《哀格蒙特》，开始写《浮士德》《塔索》。

一七八八　由罗马动身返国。

一七八九　完成《罗马哀歌》。

一七九〇　开始研究颜色学。完成《植物变形记》《威尼斯警句》等著作。

一七九一　接任领导魏玛剧院的职务。

一七九二　随同卡尔·奥古斯特出征法国。

一七九三　参加围困曼因茨之役。完成《市民将军》《列耶狐的故事》。

一七九四　和席勒建立友谊。

一七九六　完成《威廉·迈斯特的学习时代》《赫尔曼与窦绿苔》。

一七九七　第三次瑞士之行。重新着手写《浮士德》。

一八〇六　完成《浮士德》第一部。

一八〇七　开始创作《威廉·迈斯特的漫游年代》。

一八〇八　在埃尔福特受拿破仑召见。完成《潘多拉》。

一八〇九　完成长篇小说《亲和力》。

一八一一　完成自传《诗与真》第一部。

一八一二　完成《诗与真》第二部。

一八一三　完成《诗与真》第三部。

一八一四———一八一五　写《西东诗集》《温和的讽刺诗》。

一八一六　妻子克里斯蒂安娜逝世。完成《意大利游记》第一部和第二部。

一八一九　完成《西东诗集》。

一八二三　认识爱克曼。创作《马里恩巴德哀歌》。

一八二四　整理《与席勒通信集》。

一八二五　开始创作《浮士德》第二部。

一八二九　完成《威廉·迈斯特的漫游年代》《意大利旅行》。

一八三〇　完成《诗与真》第四部。

一八三一　完成《浮士德》第二部。

一八三二　三月二十二日逝世于魏玛，终年八十三岁。

再会，我最忠实的朋友！

愿上天将所有恩赐都降临给你！再会！